The story of Witch MONA

3

魔女・モナの物語　時間の秘密

別冊　満月音楽会

文・絵

山元加津子

Katsuko Yamamoto

もくじ

z
z
z

魔女・モナの物語③

時間の秘密

第一章　夢なのか現実なのか

今起きていることが夢なのか、そうじゃないのかも、モナにはわかりませんでした。ただ、夢であれ、現実であれ、モナは今、深い海の底にいるのだと感じていました。

なぜって、目の前をシーラカンスがゆったりと泳いでいたのです。

シーラカンス！　水族館で剥製のシーラカンスを見たことがありました。モナはよく覚えていました。大きな身体と、まるで歩けるかのようなりっぱな胸びれと腹びれ、そして大きな背びれ、太い胴、一枚一枚のりっぱなウロコ……。

あれは、間違いなくシーラカンスだとモナは思いました。

シーラカンスはモナのすぐ近くを通ったけれど、大きな目は白く濁っていて、モナのことがはたして見えているのだろうかと思いました。しかしゆっくり泳いでいたシーラカンスは、そばにいたイカを口でパクリとくわえました。

モナはその日、深い森の奥にある、多くの人からこのごろでは「モナの森」と呼ばれている家にいました。モナの森の二階には、本がたくさん並んでいるモナ森図書館という名の部屋がありました。とてもいいお天気だったので、図書館の端に吊るされているハンモックに久しぶりに寝転んでみたいと思いました。

窓の外には、ミヤマヨメナの群生が美しく咲いているのが見えました。

モナはミヤコワスレの元々の親であるミヤマヨメナを眺めるのが好きでした。どの花も、お日様の方へ顔を向けて、凛と咲いていいました。一本の茎から咲く花は、ひとつの花と思われているけれど、そうでないことをモナは植物事典を見て知っていました。

「キク科の植物の特徴で、中心の黄色い筒状花の集まりを、一枚の花弁のように見える十～十五枚の舌状花が取り巻いている」

たくさんの花が一つの花のように見えるものを作り、そしてその花たちが集まって、美

しい景色を作っている。モナはその風景を見ると、いつもママが教えてくれたことを思い出すのです。
「モナ、しあわせってね。たったひとつがしあわせってことは絶対にないの。自分だけがしあわせになればいいなんて思う人がいたとしたら、それは大間違い。しあわせはひとり一人がみんなしあわせで、そして全体がしあわせになって初めて、本当に心からしあわせっていうことになるのだと思う。モナはそれが簡単じゃないと思う？　でもそうでもないの。誰もがね、深いところで、知らず知らずのうちに誰かのしあわせのために、働きたいと思うようにできているの。本当はそう。花もね、ひとつひとつの花が輝いていて、生き生きしていて、初めて花畑が美しくなるのよね」

モナは大好きなミヤマヨメナの方から吹いてくる春の風を感じながら、ハンモックに乗って本を読んだり考え事をしたりしたいなあと思ったのでした。

運動があまり得意ではないモナは、椅子に乗って、ようやく、ハンモックに横になり、小さな揺れの中、目を閉じたはずでした。

だったらこれは夢のはずと思うのに、モナにはとても夢だとは思えませんでした。手や足の浮き上がる感じも、魚たちが口から出すあぶくも、現実に起きているものとしか思えないのでした。

　モナは理科が得意でした。得意というより、宇宙のことや花や虫や自然が大好きなのです。事典などもよく見ていて、どのページもそらで言えるほどなのです。

　それで、シーラカンスの骨格は脊柱を含めてほとんど軟骨で出来ていて、けれど、背骨や肋骨が無いことや、浮き袋の中は空気ではなくオイルで満たされていることなども知っていました。

（今だって、稀に見つかることはあるけれど、めったには見られないはず。だって本当なら古代の生き物だもの）

　見送ったはずのシーラカンスが、まるでモナの心の声が聞こえたように戻ってきました。そして、白くて、どこか薄青色の濁った目でモナを見つめました。そのあと確かにシーラカンスの声が、モナの耳に聞こえたのです。

「夢も現実も同じもの。未来も過去も同じものだ。必要だからすべてが起きる。それが夢とか現実とか、そんなことは小さなことだ」

　モナは水の中で息ができていることや、光が届かない深海の中で、シーラカンスが見えることがとても不思議でした。けれど、今はシーラカンスを追いかける以外にすべきことがみつからないと思いました。

追いかけると、まるでモナは足にヒレがついているかのように、水をつかみ、早く泳げているることに気がつきました。

「モナ、僕ね、泳ぐの初めてだけど、どう？　うまいでしょう」

モナはその声で、初めてリトがそばにいることに気がつきました。

そうでした。モナはリトを先にハンモックに乗せて、それからモナもハンモックに登ったのです。

リトはモナの大好きで大切な友だち、いちじくと同じパピヨンの小さな男の子です。いちじくは、モナが生まれたときからずっと一緒にすごした犬です。これまでのどの冒険でも、モナはいちじくと一緒でした。けれど、少しずついちじくは、目を閉じている時間が長くなってきました。茶色の耳毛も白くなってきました。

そんなころ現れたのがリトでした。まだ耳毛もそろわず、いちじくがモナの前に現れたときと同じように、小さくてふわふわして、まるで小さな毛の塊のようにいちじくのそばにいたのです。リトの背中には、いちじくと同じような天使の羽を思わせる模様がありました。モナはそれもまた、いちじくが一緒にいてくれる印のような気がしたのです。

リトは昔のいちじくがそうだったように、モナの足元をいつもついて回りました。モナもそんなリトが可愛くて仕方がありませんでした。

「モナ、あの変わったお魚は僕たちにおいでって言ってるんだよね」

リトが口からあぶくを出しながら言いました。

第二章　シーラカンス

シーラカンスは二人がついてくるのを確認して、ゆったりと水中を歩くようにしながらも、スピードを上げました。そしてまた、大きな口を開けながら、イカを丸呑みしました。進んでいくと、先にかすかな灯りが見えました。灯りはだんだんと大きくなっていきました。シーラカンスが近づくと、重い大きな石が、泥や砂をまいあげてギギギと動き、隙間ができました。そして、その向こうに部屋があるのが見えました。

隙間からのぞくと、部屋の中の様子が見えました。

中にはモナと同じか、少し年上くらいの透き通るような肌をした女の子三人が、頭を突き合わせて何か相談をしているようでした。

「ありがとうコイル。モナを連れてきてくれて」

「モナ待っていましたよ」

最初の言葉はおそらくはシーラカンスに、そして、次はモナに向けたものでした。それは、懐かしい水の魔女の声でした。

モナがこれまでの魔女の修行でわかったことは、この世界はどんなこともみんなつながっているということでした。水は水道も水溜りも川も海もみんなつながっていて、水の魔女は水でつながりながら、全てのものを守っているのでした。

それは、鏡の魔女も、空の魔女も同じでした。世界中の光は、鏡に集められていて、やはり、つながっていました。世界中の鏡と同じものが、鏡の魔女の部屋にもあり、そこも奥でつながっているのです。また、同じように、世界中の空もつながり、空の魔女が全てを守り、森や木々もまたその奥でつながっているのです。

そして、モナにはどうしても信じられないことですが、モナはこの世界では、森の魔女らしいのです。最初に修行の旅に出たときにも、その次の旅でも、モナはモナにしかできない大きな仕事をしました。けれど、モナには自信もなかったし、自分では大きな仕事ができたとはどうしても思えませんでした。しかし、水の魔女も鏡の魔女もそして空の魔女も「みんなそれぞれ大切な役割を果たしていて、あなたにはあなたにしかできないことがある。みんな知らず知らずのうちに大きな仕事をしているものよ」と言うのでした。

水の魔女と鏡の魔女と空の魔女は三人でひそひそ相談事をしていました。モナはわけがわからないまま、部屋の隅の深い緑色のソファに腰をかけました。お話は続いていました。

「本当は誰もが優しい心を持ってるはずなのに……」

「でもどうしたらいいのでしょう」

「争うなんて間違っている……」

「でも、大切なものは守らなければ……」

お話は堂々巡りをして、三人は深いため息をつきました。

「やっぱりモナに出かけてもらうしかないのかしら」

「危険だわ。でも伝説の書に記されているのはモナだから」

そして、三人はまた大きなため息をつくのでした。


いったい何が起きているのでしょう。モナが三人に話しかけようとしたまさにそのときでした。すごい勢いで、モナは何かに引っ張られて行きました。髪も手も足も吐く息さえも、そこにとどまることができずに、モナは引っ張られて行きました。

第三章　クロッソプテルギイ

リトがモナの鼻の頭をぺろりとなめました。気がつくとモナは森の家のハンモックに横になっていました。「え!?　やっぱり夢だったの？」

身体中がだるく、モナはやっとのことで、重い体を起こし、ハンモックから転げるようにして降りました。


モナの頭の中は混乱していました。夢にしては何もかもがはっきりしすぎている気がしました。そして思い出したのはシーラカンスの言葉です。

「夢も現実も同じもの。未来も過去も同じものだ。必要だからすべてが起きる。それが夢とか現実とか、そんなことは小さなことだ」

魔女たちにコイルと呼ばれていたシーラカンスは確かにモナにそう告げました。

モナの森の家には、あちこちに本棚があります。とりわけ二階のモナ森図書館には、本がずらりと並んでいました。

モナが、シーラカンスの載っている事典を探そうとしたときに、見たことのない本があることに気がつきました。

モナは本が大好きで、ここにある何百冊という本は全部知っているはずでした。けれど、その本には見覚えがありませんでした。

きちんとした昔風の装丁で作られたその本は、青黒く光った表紙で、Crossopterygii と書かれてありました。

中を見て驚きました。それはどうやらシーラカンスについて、詳しく書かれた本だったのです。

ページを開くと文字が金色に光り、空中に波打って浮かび、読み終わると元通りに貼り付きました。どうやらラテン語らしいのに、そしてモナはラテン語を読めるはずもないのに、浮かび上がった文字は、浮かび上がったところだけ、翻訳されてモナには読めたのでした。

Crossopterygii　クロッソプテルギイ、それはラテン語でシーラカンスという意味だということもわかりました。モナは何度も「クロッソプテルギイ、クロッソプテルギイ」と唱えました。まるで魔法の呪文のようにモナには感じたのです。


「シーラカンスの妊娠期間は五年であることが、胎児のウロコの年輪でわかる」

「シーラカンスの寿命は八十年以上、同じくウロコの年輪でわかる」

「シーラカンスは卵胎生」

「体長は二メートル以上、体重は九十キログラムに達する」


浮かび上がって読めたか思うと、すぐにラテン語に戻ってしまうのでもどかしいのですが、読めた部分だけでも、モナにはものすごく興味深く、夢中になってしまうのでした。

「ねぇリト？　コイルは女性かなあ、男性かなあ。大人だよね」

リトはじっとモナの目を見つめるだけでした。どうやらここではリトは、おしゃべりをしてくれないようでした。

第四章　再びエルガンダへ

シーラカンスの不思議な本に夢中になっていましたが、気がつくと、外はビュービューと風が吹いていました。さっきまでとても良いお天気だったのに、窓の外の大きな楠の木の枝が折れてしまいそうなほどに強い風が吹き、空も真っ暗で、モナは急に体をブルブルと震わせました。

モナの森の家には古いものがいっぱいありました。長い木の板の真ん中にはめこまれた赤いアルコール温度計が、０℃をさしていることに気がついて驚きました。

「寒いはずだわ。冬に戻ったみたい」

この家には薪ストーブが二つありました。モナは冬のために、森の折れた木々や、落ちている枝を拾ってきては、薪にして納屋に積んでありました。

それは森を元気に保つためにも必要なことで、煙突から出た煙は二酸化炭素となり、木々の光合成を助け、木々の落ち葉は栄養となって植物を助けました。そして、植物は虫や動物たちのいのちを助けるのです。

森ですごすようになって、モナがよくわかったことは、森もまたぐるぐるとめぐり、つな

がり、ひとつのいのちを生きているということでした。
モナは手慣れた様子で、ストーブの中に、乾燥した杉の葉を置き、そして杉の葉の上に拾った小枝を、さらにその上に少し大きめの薪を置きました。
杉の葉に火をつけると、ちょろちょろと火がつき、小さな火の幼虫がくねくねと動きました。本当は虫ではないとモナは知っていましたが、火がついた杉の葉っぱが動いたり、はぜたりするのを見ると、火の色をした幼虫か小さなヘビのようだとモナは思うのでした。
とたんに、心が吸い込まれそうになっているのを感じました。「だめ、だめ」と体が抵抗しようとするけれど、止めることができず、心と一緒に体も引っ張られるのを感じました。

そばにいたリトがモナのワンピースのすそをつかみました。でも、止められるはずもなく、モナは薪ストーブの火の中へ引き込まれて行きました。

モナは知らない夜の町に立っていました。すぐ近くの家々が赤く燃えて、人々や動物が逃げまどっていました。

「危ない！　何をぼーっとしてる。早く逃げるんだ。火が来るじゃないか」

立ちつくしているモナに声をかけてくれた男の人がいました。そばにいた女の人がモナの手をとり、「さあ早く」と一緒に走ってくれました。モナの腕の中にはリトがいました。モナはリトをしっかりと抱きかかえなおしました。

ずいぶん走ったあと、モナたちは町のはずれの古びた小屋に辿り着きました。すでに何人かの人が肩を寄せ合うように座っていました。

「何が起こってるのですか？」モナが女の人に聞きました。

女の人は、何をいまさらという表情を一瞬うかべましたが、少しぶっきらぼうな喋りかたで言いました。それが女の人の口調なのだと思われました。

「見かけない子だと思ったら、異国の服を着ているね。どこか遠くから来たのかい？　この国は、昔から争いごとなどなかった。みんな働き者で、作物はよく実り、誰もが助け合い、平和でしあわせな国。それがこのエルガンダだったんだ。自分のことよりまず人のこと、それが当たり前の国だった。それなのに、その国を自分のものにしようとするやつがいるのさ」

モナははっとしました。

「エルガンダ」、モナの大好きな国です。

モナは小さいときから魔女になりたくて、魔法の国エルガンダに修行の旅に来たことがありました。そこで、モナは大好きな水の魔女、鏡の魔女、空の魔女と出会ったのです。そして、モナ自身が森の魔女らしいということを知ったのも、このエルガンダでした。

その国が今、争いごとの真っただ中にあるというのです。

「いったい誰がエルガンダを？」

モナの質問に、女の人がわからないというふうに首を振りました。

最初に声をかけてくれた職人風の男の人が言いました。

「それが誰なのかわからない。噂ではしあわせなこの国を我が物にしようとしているものがいるらしいのだ。これまでこの国は、魔女たちがガシューダという大きな力のもとで、すべてを守ってきたんだ。ガシューダのことはわかるかい？」

モナはうなずきました。

「すべてのものに働く大きな力。人とモノとコトを出会わせ、すべてのものを作り、そしてすべてのものの中にあるもの。それがガシューダ」

二人は驚いたように、顔を見合わせました。

「もしかして、もしかしてあなたの名前はモナ？」

モナがうなずくと、二人の顔がぱっと明るく変わりました。

「モナのことは、私たちの誰もが小さな頃から知っている。この平和な国に危機が訪れたときには、勇者モナが、ガシューダの遣いとして現れて私たちを救ってくれる。モナは少女の姿をしているが、大きな魔法の力を持っている」

二人はうれしそうに、自分の名前を名乗りました。女の人はサラ、男の人はセオと言う名前でした。

二人の嬉しそうな様子を見て、モナはとても悲しい気持ちになりました。前の旅でも、モナは伝説の魔女と呼ばれたりもしました。けれど、モナは相変わらず空を飛ぶこともできなければ、姿を変えることもできません。ここにだって、知らない間に連れてこられただけなのです。

「私は確かにモナという名前です。でも、私は何もできないんです。魔法も使えないし、エルガンダを救うなんて、そんな大きなこと、私にはできっこないのです。ごめんなさい。本当にごめんなさい」

モナはぎゅっとリトを抱きしめました。モナの目からぽろぽろと涙がこぼれました。リトはモナの顔をぺろぺろとなめて、「でも、僕は、モナといると勇気が出るし、しあわせになれる」と小さくつぶやきました。

第五章　怪しい男

モナの様子をじっとうかがっているものがいました。燃え盛る火から小屋に逃げ込んできた多くの人が誰かと互いに身を寄せるようにしている中、その男は一人で、どの輪にも加わらずにいました。黒い服を着て、厚底の靴を履き、帽子を深く被り、マフラーを幾重にも巻いていいて、顔は見えませんでしたが、モナが小屋に入ってからずっと、モナの様子をうかがっているようでした。

モナもリトも、その男の様子に少しも気が付かずにいました。

「確かに伝説の勇者モナに間違いない。なぜならほら、あなたは伝説の通り、四つの石がはまっている指輪をしている」

サラの言う通り、モナの手には指輪が光っていました。前の冒険で水の魔女から「これはあなたが魔女になるための手助けとなる」ともらった指輪でした。

そのときは海を思わせる深い青い石がひとつだけついていました。鏡の魔女と出会ったときに、指輪には銀色に光る石が加わり、空の魔女に会ったあとは、どこまでも青い空の石が加わりました。そして、その冒険が終わる頃には深い森の色の石が、知らない間に加わった不思議な指輪でした。

モナは、その指輪をとても大切にしていました。どんなときにも肌身離さずつけていました。けれど、今のモナにはその大切な指輪さえ、重く感じました。三人の魔女に出会った旅も遠い昔のようで、本当に自分が経験したのかもわからない気持ちがするのでした。

指輪の話をそっと盗み聞きしていた見知らぬ怪しい男は、さらに鋭い目つきでモナの指輪を見つめました。そして、上着のポケットに手を入れ、何かがポケットの中にあるのを確かめていました。それは、モナのものにそっくりの指輪でした。空と鏡と海と森の色のガラスがはまっていて、偽物だとは気がつかないような見事な作りの指輪でした。ただ放つ光だけが本物とは違って見劣りするものでした。

サラが優しく言いました。

「モナ、少し休んで。そしてそのあと一緒に来て欲しい場所がある」

モナは力無く座り込みました。

「私はハンモックで寝ていて、海にいて、シーラカンスに会って……大好きな魔女たちに会えたのに、また戻ってきて、そして……」

頭の中も整理できずにいました。空から落ちてくる爆音と激しい光に逃げ惑う人たちのことが頭から離れませんでした。きっと少し前までは、緑に覆われていた平和な町が、煙をあげて燃えていました。家を失った人、怪我をした人、離れ離れになってしまった人たち…。そんな人々を救うことができるのが私なの？　どう考えてもそれが自分だとは思えないのです。もうモナの森にいたことが何日も前のようにも思えました。ただ膝の上に丸く眠っているリトの温もりだけが、モナの心を支えてくれているようでした。

第六章　シーラカンス使いの村へ

小屋を出た三人とリトは、山に沿った道を歩き続けました。細い道の脇には畑がありました。ひと目見ただけで、畑の作物が枯れかけていることがわかりました。

サラがため息をつきました。

「何かが変わってきている。あんなに何を植えても見事に育ってくれていたのに、今年はほとんどの作物が育たない。このままでは食べるものもなくなってしまう」

モナは早足でサラの横に並び、尋ねました。

「あのう、どこに向かっているのですか?」

「私が小さいときに育った村に向かっている。その村はドラゴン使いやシーラカンス使いがたくさん住んでいるのだ。もっともこの国ではドラゴンもシーラカンスも、他の動物と同じように自由だ。ただ、不思議な力を持っているという言い伝えもある。それでよからぬ者がその力を利用しないようにその動物を守っていると言った方がいいかもしれないね。私も父も母も、そしてこの人もシーラカンス使いだ」

サラとセオは夫婦なのかもしれないなあとモナは思いました。

モナはシーラカンスという名前が出て驚いていました。つい少し前にコイルという名前のシーラカンスに連れられて三人の魔女のところへ行ったばかりだったからです。

「シーラカンスは、どんな不思議な力があるのですか？」

セオが答えました。

「シーラカンスは、他の魚と違うところがたくさんあるんだ。お腹の中で卵がかえって、哺乳類みたいに、赤ん坊の形で生まれるんだ。卵がかえってから五年のあいだ母親のお腹の中で赤ん坊は育ち、そして生まれる。人間の妊娠期間十月十日《とつきとうか》がシーラカンスは五年なんだ」

セオはしゃべり続けました。

「シーラカンスの生まれたばかりの赤ん坊の

脊椎の中のオイルは特別な力があって、不死の力が授かると言われている。でもここに暮らすものは、みんな不死の力なんて必要としていない。生まれたら必ず死ぬ、それはガシューダの望むことだと知っているからだ。生まれることも亡くなることも、ガシューダが決める。それは、すべてのものがしあわせに生きるために必要なことなのさ。生まれてから死ぬまで、いや死んでもガシューダが我々を守ってくれる。亡くなっても終わりではないということも我々はみんな知っている」

「亡くなっても終わりじゃない？　それはどういう意味ですか？」

「簡単には説明できない。そんなに急がなくてもいいさ。けれど、今話したいのは、生き死にをガシューダが決めていると誰もが知っているはずなのに、それに逆らって不死の力を手に入れたいと思っているふとどきものがいるということだ。この前も、シーラカンスを手に入れようとして、村に入ってきたものがいるんだ」

セオはとても難しい顔をしました。

モナは、モナ森図書館で見た不思議な本を思い出しました。そこに書かれていたことは、セオの話と同じでした。

モナは今、エルガンダを救うという立場にあることもすっかり忘れて、シーラカンスの話に夢中になっていました。

モナたちは少しも気がついていなかったけれど、黒い影が、三人のあとをつかず離れずつけてきているのでした。

第七章　みんなモナ

　次の日の午後、モナたちは目指す村につきました。火の手の上がった町から来たことがうそのように、その村は華やいでいました。屋台がつらなり、太鼓の音が響き、人々が楽しそうに店をのぞいていました。

　驚いたことにその村で出会う女の子たちは、緑色のワンピースを着て、おかっぱのかつらをかぶっていました。そして、モナと同じような、けれど少し安っぽい四つの石の指輪をはめていました。そして、屋台でも緑色のワンピースや帽子や女の子がつけていた指輪などが売られていました。

「これは一体⁉」

　モナもリトも驚きました。暗い顔をして旅を続けていたサラとセオも大笑いしました。

「びっくりしたでしょう？　今日はちょうどモナのお祭りの日だから」

「モナのお祭り？」

「そう。勇者モナのお祭りの日には、みんな女の子は憧れのモナの格好をする。一年のうちの今日という日に、いずれ勇者の魔女モナが村へやってくるという言い伝えがあって……」

そこまで言って、サラとセオは一緒に叫びました。

「今日がその日、伝説の日なんだ！」

「まさか、今日という日が本当にやってきて、モナを連れてきたのが私たちだなんて、驚きだ」

お母さんに抱かれている赤ん坊を見て、リトが笑いました。

「見てみて！　赤ん坊までモナだよ。おかしいね」

「ほら、あの女の子。耳の大きなぬいぐるみの犬を抱いてるよ。もしかして、あの犬、僕なのかな」リトが嬉しそうに言いました。

あまりにいろいろな人がモナの格好をしているので、いったい誰がモナなのかわからなくなりそうでした。

「さあ、ついた」

モナが案内された家はとても大きくて、竹でできた高い塀の中にありました。そして入り口には怖そうな門番が立っていました。知らないものは中へ通してくれないのかもしれません。

門番は「お疲れ様です」とサラとセオに声をかけて通してくれました。

家の中には地下へ向かう階段がありました。その階段は長くて、くねくねとしていて、ところどころに灯りが点されていました。

「水の匂いがしてきたよ」

リトが言ってしばらくすると、広い場所に出ました。そこは洞窟の入り口のようで、洞窟の中はいくつにも分かれ、そのひとつを進んでいくと、小さな入り江に出ました。

「ここで私たちはシーラカンスを保護している。そしてこの奥は海や湖や川につながっているのだ」

つながっているという言葉を聞いて、モナは水の魔女を思いました。

「水の魔女とも会える？」

「もちろん。水の魔女は水のあるところすべてを守ってくださってるから」

第八章　不思議な液体

入り江への入り口で、モナよりも小さな白い服を着た女の子が番をしていました。女の子は、みんなの分の茶碗を運んできました。底がガラス質の青色が美しい茶碗で、中には、ブクブクと泡立ち、湯気が出ているねっとりとした緑色の液体が入っていました。サラはモナとリトにそれを飲むようにすすめました。

「うぇー、なんだかぬるぬるしてるよ。それに変な匂い。こんなの飲んだら死んじゃうよ。危険だよ。危険！」リトが嫌そうな顔をしました。

モナも飲みたくないなあと思いました。

サラとセオには、爆弾が落ちる中を助け出してもらいました。そんな二人を信じられないわけではありません。

けれど、モナは望んでここに来たつもりはありませんでした。

たくさんの子どもたちがモナと同じようなワンピースを着て、指輪をしていていることにすら信じられない思いをしているモナです。このぬらぬらと緑色に光り、ブクブクと泡立ち、湯気が出ている危険な匂いがする液体を飲もうとは簡単に思えませんでした。

「モナ、これを飲んでもらわないと始まらない。飲まないと水の中で息ができない。だいじょうぶ。私たちもシーラカンス使いの仕事をする日は必ず飲む」

サラもセオも、モナとリトの前でその液体を飲み干しました。するとみるみるうちに、二人から緑色の光が出ました。セオの口から少しあふれた液体が飛び散って、たまたま近くにいたみみずに似た生き物にかかりました。その生き物ニョロはみみずに似ていたけれど大きな目をしていました。液体がかかるとニョロからも緑の光が出ました。

ニョロをセオが手に取って水に落とすと、水の中を泳ぎ出すではありませんか。

「わかりました。こうなることになっていたのですね。何が私を待っているのかわからないけれど、それがガシューダの望む道ならそうします」

モナが勇気を出して液体を飲むと、リトもあわててモナに続きました。リトはゲーというまずそうな顔をしました。

第九章　コイルとの再会

緑の液体を飲んだとたん、モナの体も緑色の光で覆われました。モナは身体中が何か特別なエネルギーで満たされるような気がしました。

モナが理科好きなように、セオもそうなのかもしれません。

「水草が水中でも腐らない理由を知っているかい？」と言いました。

「考えたことがなかった。本当にそう。知っているのですか？」

「この液体に関係があるんだ。陸上の植物の葉脈には、栄養素を含む液体が通っている。ところが水草の葉脈には気体が通っているんだ。だから水草は腐らない。この液体を飲むと、動物や人間の体に水中から取り込んだ気体が通って、水中でも息ができるようになるんだ」

サラは、また長い説明が始まったと言うように、やれやれという顔をしましたが、モナは面白くて仕方がありませんでした。

魔法なんてうさんくさい、怪しいと思われることが多いけれど、実はちゃんと科学的なことを元にしているんだなあとモナは思うのでした。

水の中に入って驚きました。水に包まれても少しも苦しくないのです。リトも長い耳毛としっぽをひらひらとさせ、うれしそうに、しっぽをおいかけて水の中でくるくる回りました。しばらくすると、大きな黒い影が水中に現れました。そして、その影の正体はシーラカンスでした。前に会ったときよりも二回りも三回りも大きく見えたけれど、それは確かにコイルでした。

「ありがとうモナ。ずっとこの日を待っていた」

コイルはあたりに響くような、でも水の中なのでくぐもった声で言いました。

「私を待っていてくれた理由はなんですか?」モナがおそるおそる尋ねました。

あたりがシーンとなりました。コイルがまた重々しく話し出しました。

「これまでは、この世界の誰もが、すべての人もモノもコトも動物も、あらゆる存在はガシューダによって作られ、見守られ、そして誰もが助け合って生きているということを当たり前のように知っていて、感謝して生きてきた」モナが大きくうなずきました。

「ところがあるときからすべてがおかしくなった。我がことばかり考える者が現れ、欲望や憎悪が溢れ出した。そのものは、自分の利益のために、命さえ生み出そうとしている。また、ガシューダが決めた命の長さを変えようとして、永遠の命を手に入れようとしている」

「それは誰なのですか?」

「わからないのだ。まだわからない。だからこそ不気味なのだ。わからないけれど、確かにいる」

　そして、少し暗い声で言いました。

「我々はいにしえから、ガシューダの大きな力に生かされて、深い海の底で、うろこに大切な言葉を刻みながら生きてきた。我々一族は、エルガンダの歴史も刻んでいる。その褒美なのか、いつの頃からか、不思議な力を得ることができた。胎児の脊椎のオイルは、怪我を治し、病を癒す力がある。また、生まれた瞬間の赤ん坊の脊椎のオイルには、不死の力があると言われている。その力が今、狙われているのだ。私の妻のナットのお腹にも子どもがいる。これまでにもナットは何度となく命を狙われてきたのだ」

　コイルは苦しそうに言いました。

「我々はこのような苦しみの日々が来ると知っていた。でも勇者モナが現れ、我々を助けてくれるからだいじょうぶだということも知っていた」

　モナはいつのまにか、また運命の流れの中にいるのを感じていました。

第十章　時間の秘密

モナはもともと運動が苦手で、泳ぐこともほとんどできませんでした。でも、今は手足の指のあいだに、まるで水かきがついたように泳ぐことができるのです。

リトも上手に泳いでいます。

「モナ、僕ね、泳ぐの初めてだけど、どう？　うまいでしょう」

モナは「あっ！」と思いました。

「この感じ覚えてる！」

前にもこれと同じ感覚がありました。温度も息の仕方も、リトの言葉も……いつのことだっただろう。あまりにここに来てからいろいろなことがあり、長い時間が経ったように感じました。

シーラカンスはみんながついてくるのを確認して、ゆったりと水中を歩くようにしながらも、スピードを上げました。そしてシーラカンスは大きな口を開けて、イカを丸呑みしました。

その途端、モナは思い出したのです。モナの森でのできごとを。

「モナの森の二階のハンモックに寝ていて、ここに来たんだわ。あのときの感覚とまったく同じ。いったいこれは？」

　モナは一生懸命泳ぎながらも、時間というものはどうなっているのだろうとぼんやり思いました。時間は一度過ぎればもう戻ってこないものと思っていました。そう思い込んでいました。過去から未来へは、一直線にできていて、過去の次に今があり、今のあとに未来がある。それが当たり前のはずでした。

　いいえ、実際のところは、これまでのエルガンダの修行の旅で、自分の思っている時間の感覚と、エルガンダでの時間の感覚は全く違うのだということを思い知らされてきたはずでした。でも、やはり腹にすとんと落ちて納得できたというわけではなかったのです。

　ここはエルガンダなのだとモナは改めて思いました。過去も現在も未来も実はここにあって、層のようになっていて、それはほんのたまにだけど行き来できるのかもしれない。そんなことをまた思いました。

　もうすぐ灯りが見えてくるはず。その通りでした。やがてかすかな灯りが見えました。灯りは次第に大きくなっていきました。そして、モナが思った通り、シーラカンスが近づくと、泥や砂をまいあげながら重い石が動き、隙間ができました。その奥には、モナの大好きな魔女たちがいるはずでした。

そして、そこにいたのは、やはり、水の魔女、鏡の魔女、空の魔女でした。

「ありがとうコイル、サラ、セオ。モナを連れてきてくれて」「モナ待っていましたよ」

「これでようやく四人が揃いました」

そのあと繰り広げられたのは、モナが前に体験したはずのことと全く同じでした。

水の魔女と鏡の魔女と空の魔女は三人でひそひそ相談事をしていて、モナは部屋の隅の深い緑色のソファに腰をかけました。違っていたのは、モナが、次にどんな話になるのかを知っているということだけでした。


「本当は誰もが優しい心を持ってるはずなのに……」

「でもどうしたらいいのでしょう」

「争うなんて間違っている……」

「でも、大切なものは守らなければ……」

お話が堂々巡りをしたあと、三人は深いため息をつきました。

「やっぱりモナに出かけてもらうしかないのかしら」

「危険だわ。でも伝説の書に記されているのはモナだから」

そして、三人はまた大きなため息をつきました。

ソファに腰掛けていたモナが思わず立ち上がりました。

「私、私何もできない。だってほら、魔法も持っていないもの。水の魔女や鏡の魔女、空の魔女のように、多くの人々に信頼されているわけでもないわ。みんなができきないこと、私にはできっこないわ」

そのときリトが言いました。

「でもさ、いちじくが言っていたよ。モナはこれまでいろんなすごいことをしてきたって。湖を真っ二つにしたり、大きなドラゴンの背中に乗って、遠くまで旅したり……」

モナははげしく首を振りました。

「どれも私がしたことじゃないのよ。私はただ泣いたり、怒ったり、苦しんだり、じたばたじたばたしていただけ。心に任せて動いただけ。みんなに頼ってばかり、そしてやっぱり泣いてばかりいただけなんだわ。なんにもしてない！　なんにもできなかった。そしてこれからだってなんにもできないんだわ」

鏡の魔女が静かに口を開きました。

「モナ、それでいいのよ。それこそがモナの素晴らしいところなの。どうしたら得で、どうしたら損か、こう行動するとどうなるのか、人はすぐにそんなことを考えてしまう。でもモナはそうじゃない。本当はガシューダは誰の心にも思いを送っているけれど、まっすぐに受け取るのは簡単じゃないのよ。じゃまするものが心の中で膨らんで、行動ができないの。モナは違うわ」

モナに言い含めるように、話を続けました。

「花は今だと知って蕾をつけて花を咲かせる。その時期に合わせるように、蝶は卵を産みつけて、卵がかえり幼虫になり、やがて蛹になる。まさに花を開かせるときに、蝶となって蜜を吸う。そして受粉が行われる。できた果実を鳥が食べ、フンをすることで、遠くに新しい芽吹きが生まれる。花も蝶も鳥もみんなガシューダの思いとまっすぐつながっている。だから、全体のいのちが輝き、ひとつひとつのいのちが輝くの」

「まっすぐに?」

「そう、あれこれ考えて、じゃまな考えを持つなんてこと、モナにはないんだわ。ガシューダの思い、そのままに生きる。モナはそれができる人。ガシューダの愛でいっぱいの思いを受け止めて、目の前の人の悲しみを知り、なすべきことを知る。モナがモナであること。それはすなわちガシューダの思いなんだわ」

それから水の魔女が言いました。

「モナ、ガシューダの思いの中に、忘れてならない大切なことがあるの。私たち、人間だけでなく、宇宙のあらゆるものは、自分のためより、他の人のために生きることに喜びを感じるように作られている。そんなふうに思えば、助けてもらってる人は、実はしあわせを作り出している人とも言える。すべてのものは、自分のしあわせのためにここにあるのではない。自分と目の前の人と、そして宇宙全体のためにここにあるんだわ。モナ、だいじょうぶ。つまりは、あなたがあなたであることが大切なのよ」

鏡の魔女も、空の魔女もにっこり笑ってうなずきました。

第十一章　指輪の秘密

水の魔女が言いました。

「それにね。モナは指輪を持っている。四つの色の石が入った指輪」

モナは前の旅で、ここに集まっている三人の魔女が抱えていた困難とそれぞれ立ち向かいました。そしてそのたびに、指輪に宝石が加わっていったのでした。

水の魔女が話を続けました。

「モナがこの指輪を持っていてくれるから、私はモナと一緒にいられる」

指輪の海の色の石の中心が輝き出し、その光が石全体に広がりました。

鏡の魔女が「私も、ともにいます」と言うと銀色の石が、そして空の魔女も「モナ、もちろん私もいつも一緒です」と言うと、空の色の石が輝きました。そして、指輪全体が光り輝いたのです。

魔女たちはかわるがわるモナを抱きしめてくれました。

「モナならだいじょうぶ」

「モナ、心の目と心の耳をすまして進めば、必ず道は開ける」

空の魔女が言いました。

「モナに足らないことがあるとしたら、それは自信がないということ。モナはすでにりっぱな魔女よ。だいじょうぶ。自分に誇りを持つの、自信を持つのよ」

三人の魔女は抱きしめてくれたときに、それぞれに、モナに「大好きよ」と言いました。「大好き」という言葉は魔法のようでした。言われるたびに、モナは胸がいっぱいになりました。まるで、細胞までもが、大好きはうれしいということを、知っているようだと思いました。モナは、勇気が湧いてくるのを感じました。

そのときに、小さなリトが言いました。

「僕だっていつも一緒にいる！」

リトの言葉に、みんながクスッと笑いました。リトはまだ小さくて、とてもモナの助けになるとは思えなかったけれど、よく考えれば、これまでだってリトがいてくれたことでどんなに心強かったことでしょう。

「わかりました。私に何ができるかわからない。でも、これが私の与えられた人生なら、その道を進むしかない。ガシューダの思いのままに進みます」

三人の魔女は大きくうなずきました。

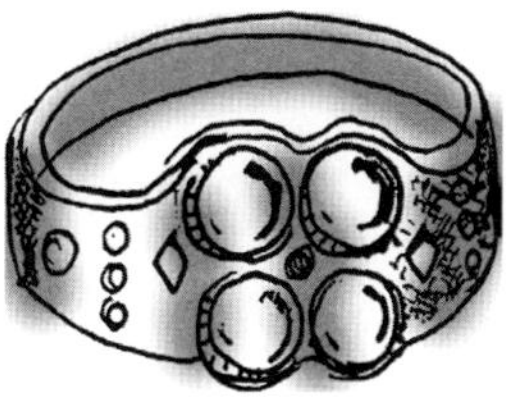

第十二章　海の底へ

「私たちがお供をします」

サラとセオの言葉に、水の魔女が「頼みましたよ」と二人の手をとりました。

コイルが低く響く声で言いました。

「背びれにつかまりなさい。まずナットのところへ」

モナとリト、そしてサラとセオはコイルの大きな背びれにつかまりました。コイルはものすごい速さで海の中を進んでいきました。泡が虹色に光り、ぐるぐる渦を巻いてモナたちを包んでいきました。

白い珊瑚にたくさんの魚が群がっているのが見えました。美しい海の景色が見えたのもわずかな時間でした。

海が深くなるにつれて、海水の温度が下がり、光が届かず暗くなっていきました。

モナは小さい頃から、海の底のことをよく考えていました。ベッドであおむけに寝ていると、ベッドはいつしか消え、モナだけがあおむけのまま、海に沈んでいくという夢でした。青い色はどんどん深くなっていきました。いつしか、ここは宇宙なのだろうか、それとも海の底なのだろうかと思うのでした。そして、一筋の光が下りてきて、モナだけを照らし、モナはそのときに、温かさに包まれて、安心して眠ることができたのでした。

けれど、実際の海は、深くなると暗くなり、水温はどんどん下がっていきました。目が慣れてきたせいか、見たこともないような不思議な生き物が泳いでいるのがわかりました。それは、魚や海藻がこういうものだというモナのこれまでの知識とはまったく別のものでした。

小さな紫色のきれいな魚が急に巨大になり、何百にも分かれてまたくっついて、もとの紫の魚になり、踊るように泳いでいきました。透明な体の魚は、中にいくつもの発光体を光らせ、その光におびき寄せられて、さらに小さな生き物が次々と口へ入って、中で生きたまま消化されていくのが見えました。

向こうから鈍く銀色に光る大きなものが泳いでくるのが見えました。そのとたん、コイルが「動くな！　動かなければ、やつには見えない」とモナたちに命令するように言いました。

その生き物は、顔の真ん中に大きな目を持っていました。けれどそれは実は目ではなくて、そこから恐ろしい触手を出して、動くものを捉えていくのでした。そして、口は体の半分まで裂け、するどい歯がいくつもの列を作って縦に並んでいました。それから何メートルもあるしっぽがついているのでした。

その不思議な生き物の触手が、リトの方へ伸び、ひらひらと長くなびくリトの耳毛を捉えようとしました。

「危ない！」

モナは思わずコイルの背びれを離し、リトを引き寄せました。とたんに動きを感じた怪魚の触手がモナの方へ伸び、モナは捉えられました。するどい痛みがモナの体を突き刺し、モナの体に毒がまわっていきました。

そのとき、モナの隣にいたサラが剣を抜きました。剣の先からは鋭い光が出て、怪魚を突き刺しました。

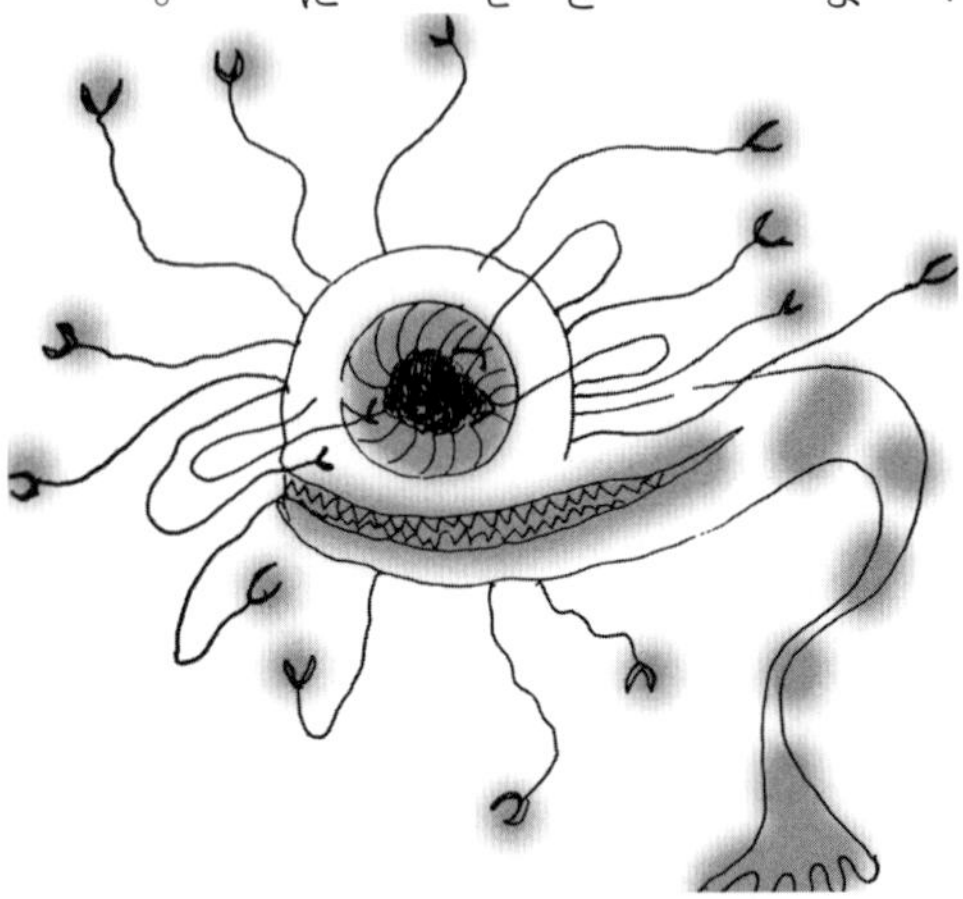

とたんに怪魚の触手がしゅるしゅると顔の真ん中の穴に入っていきました。すばやくサラが、モナの口に何か薬のようなものを入れました。モナは痛みが薄れていくのを感じました。

「まにあった。よかった」サラがほっとしてつぶやきました。

「ごめんなさい。もっと気をつけます」

「はじめてなのだから、無理もない。僕たちも、もっと気をつけて君を守る。君は水の魔女の大切な友だち。そしてもちろん僕たちにとってもとても大切な人だからね」

モナは怪魚の歯を思い出して身震いしました。

もしあのまま怪魚の触手から逃げられずに、あの鋭利な歯がならんだ口の中に入れられていたら、ひとたまりもなかったでしょう。

いったいこんな私がエルガンダを救うなんて、できるのだろうか？　モナの心にまた不安が押し寄せました。「自分を信じて」と空の魔女が言ったけれど、自分を信じるということはなんと難しいことでしょう。

もう逃げ出したい。悲しみと不安で押しつぶされそうだと感じたときに、モナの手の指輪がかすかに震えて、暖かくなりました。暖かさはしだいにモナの体に広がっていき、冷えた体と心を温めてくれるのを感じました。水と鏡と空の魔女の優しい笑顔が浮かびました。

（そうだ、私はひとりではないんだわ。みんながいてくれる）

そう思ったとたん、それまで自分の内側にばかり向いていた目に、外の様子が飛び込んできました。そばにリトとサラとセオがいて、にっこり笑っているのがわかりました。

（私はひとりではない。すぐにそれを忘れて不安になってしまう）

モナは、これからはもっと気を引き締めて、みんなに迷惑をかけないようにしようと心に誓ったのでした。


けれども、深い海は簡単にモナを受け入れてはくれないようでした。

海は深くなっていくごとに、さらに暗く冷たくなっていきました。闇はますます深くなり、モナは闇の中に飲み込まれていくような気がしました。近くにいたはずのみんなも全く見えなくなりました。深い海は色や姿だけでなく、音や気配も飲み込んでしまうようでした。

手足が凍えて冷たくなり、どんどん手の感覚も無くなっていきました。このまま進んでいったらどうなるんだろう。このままでは私も暗闇の一部になってしまう。

ぬるぬるとした海藻のようなものが、モナの顔に貼り付きました。海藻は口をあけて、ひひひと笑いながら歌いました。

「光の届かない暗闇の世界は死の世界」「お前の進む道は死の世界」「つまらないもの」「価値のないもの」「おまえはひとり」「おまえはひとり」……

♫

♫

「やめて！」

最後の力を使って叫んだモナから、エネルギーが奪われていきました。体が冷えて、ひとつひとつの細胞の動きも小さくなって、元気を失っていきました。モナはただ漂うゴミクズのようになり、気を失っていきました。

そんなモナをコイルさえ気が付かないほどのすばやさで、そっと受け止める者がありました。それはあの黒い服の男でした。男はモナの指から、あの四つの石がはめ込まれた指輪を抜き取り、ポケットに入っていたそっくりの指輪をモナの指にはめました。そしてモナをそっと元へ戻しました。

第十三章　黒魔術の本の部屋へ

モナは、ふと足先に温かなものを感じました。それは砂の感触でした。海の一番底に着いたのです。どうやら、そばには小さな海底火山があり、海の水を暖めているようでした。

周りの色がだんだんと、藍色から鮮やかな青へと変わっていきました。そして光が戻って来るのを感じました。細胞に力が戻り、手や足の先からしだいに力が満ちてくるのがわかりました。

「ここは私が眠るときにいつも感じる青の場所、そして、私は私でいいのだと思い出させてくれる場所」

（私は心の深いところで、この場所を知っていたんだわ）

小さいときから、夜眠るたびに来ていたこの場所が、あちらの世界ともつながっていて、モナにいつも勇気をくれていたのでしょうか？

少し前まで、自分がちっぽけなかけらのように感じていたモナですが、今は、大きな力としっかりとつながっていると感じられるのです。

(私、生きてる、私の中には、本当はいつもこの場所があって、自分を癒す力がある)

モナはまだ夢の中だったのでしょうか? 目を閉じたままでした。

そのとき、遠くの方で誰かが泣いているような声がしました。ゆっくり目をあけたときに、最初に飛び込んできたのは、リトの心配そうな丸い目でした。サラとセオもコイルもまた同じように、モナの顔を覗き込んでいました。

「リト? 泣いていた?」

「だって、モナったら冷たくなって、動かなくなって。僕、僕、モナが死んじゃったのかと思った」リトは泣きながら言いました。

モナが抱きしめるとリトはいっそう激しく泣きました。

「だって僕、モナのこと大切だもの」

サラが言いました。

「モナ、だいじょうぶか? まだ、毒が残っていたのかもしれない。でも、本当に良かった」

モナはゆっくり体を起こしました。リトがまたわっと泣きました。

ほっとしたリトの気持ちがみんなにもよくわかるのでした。みんなの優しさにモナの心がいっそう元気になりました。


「前へ進めるか?」サラの声に、モナはしっかりうなずきました。

コイルが海底を這うように泳いで行きました。モナもみんなもそのあとに続きました。


「あっ、あれはなに?」

モナが見つめるその先には、古めかしい煙突のついた建物が海の底に半分埋まって立っていました。モナはこの煙突をどこかで見たことがあると思いました。

コイルが悲鳴をあげました。

「なぜ開いているのだ」

煙突に見えたのはどうやら塔の入り口のようでした。そこには大きな重い石の蓋がついていましたが、その蓋が半分開いていたのです。

「私に続け！」とコイルが言いました。

入り口の奥には、岩でできたらせん階段が下へと続いていました。そしてその先には丸い部屋があり、壁のすべてが本棚になっていました。

「あっ、ここは……」モナは声を上げました。そこは、前の旅のときに、黒魔術の本の番人のおじいさんと出会った場所でした。

イエス・キリストの思いを記したものが聖書で、ブッダの思いを記したものが経典であるなら、同じように、エルガンダにも、ガシューダの思いを記したものがありました。

そして、聖書や経典がそうであるように、いろいろな方法でガシューダの思いを記す仕事に携わる魔法使いや魔女がいました。黒魔術の本は、エルガンダの人々を助けるために、ドーパという魔女が、空中から言葉を紡ぎ出して書いたものでした。

黒魔術の本には、過去も現在も未来のことも、すべてのことが書かれてありました。

モナは、前の旅で、次にどうしたらいいかわからなくなったときに、黒魔術の本を求めてこの建物にきたのです。

そのときにはここに、キンキンとした高い声で話す緑色の三角の帽子をかぶったおじいさんが住んでいて、モナを待っていてくれました。モナはそのときのことをよく覚えています。

「中へ入るがいい。君たちは黒魔術の本を見に来たんだろう。わかっておる」おじいさんが言いました。

「おじいさん、おじいさんは預言者なのですか？　私、未来を知りたいのです」

「私はここの番をしている。とにかく中へ入るがいい」

蓋をあけると、岩でできた階段が、らせんの形をして下へ続いていて、その向こうには丸い部屋があり、壁のすべてが本棚になっていたのです。難しそうな分厚い本の他にも、古ぼけたランプ、振り子時計などが置かれていました。部屋の真ん中にはダルマストーブがあり、煙突のパイプがくねくねと奇妙な形をとりながら、外へ続いて

いました。ストーブの上には黄銅色のやかんがかけられ、シュンシュンと音をたてていました。おじいさんはモナにおいしいコーヒーを淹れてくれたのです。

けれども、そのときと今の様子はすっかり変わっていました。

三角の帽子を被った黒魔術の本を持つおじいさんも、コーヒーをいれるポットもカップもなにもかもが消えていました。

そして、黒魔術の本もありませんでした。

「どうしたの？　モナ」リトの言葉にはっとしました。

「ここには、おじいさんが住んでいたの。そして、ここで、私は体も心も温めてもらったの。そう、温かい心があちこちに溢れていたの。でも全部なくなってる」

おじいさんのいない部屋は、まるでぬけがらのようでした。

暖炉のそばの年季の入ったぬくもりのある椅子も、心地良い絨毯も、何もなく、ただの暗く冷たい場所になっていました。

前に来たときには、この部屋には確かにいのちがありました。そのいのちの灯《ともしび》が消えたように感じました。家というものはその場所を愛する人が住んでいるからこそ、いのちを持つものかもしれないとモナは思いました。

コイルがうめくようにいいました。

「遅かったか、ここが安全と思って、ナットをかくまってもらっていたのだ」

ナットはどこへ消えたのでしょう。コイルは手掛かりがないか、部屋中を探しまわりました。そのとき、尻尾が天井に触れ、天井の小さな飾りが落ちてきました。落ちてきたその場所のすぐ横に、偶然キラリと光る金色の小さい何かが見えました。

「あれは?」

モナが泳いで光の正体を探しました。

「鍵だわ。きっと古い鍵。不思議な模様がいっぱい彫ってある」

「きっとガシューダが鍵のありかを教えてくれたのだ」

サラの言う通り、コイルが尻尾をぶつけなければ、見つけられなかったかもしれません。

「ガシューダが教えてくれた鍵なら、きっと大切な鍵。もしかしたら、ナットを連れ去ったものが落とした鍵かもしれない。モナ、鍵をなくさないように。こうしちゃいられない。一刻も早くナットを探さないと。さあ、外に出よう」

モナはポケットに鍵を入れ、しっかりとボタンをかけました。

モナたちは部屋を出て、また海底に戻りました。

けれど、海底はどこまでも広く、足取りも何一つとしてつかめないのです。今のモナたちはなんの手がかりも持っていないのでした。

「僕たち一体これからどうしたらいいの？　あてもなく、ただ探しているだけ。これじゃあ、何も前に進んでいないのと一緒だよ」とリトが言いました。

第十四章　目に見えるものと見えないもの

「ねえ、どうしたらいいの？」

　困り果てたモナが指輪に話しかけても、指輪は暖かくもならず、揺れて話をしてくれることもありませんでした。最後の最後には必ず助けてくれると信じている魔女たちとの絆も、今は感じられませんでした。

　そのときに、突然、モナの頭の中に、ある言葉が浮かびました。

「大切なものは心の目で見なくちゃ分からない」その言葉は指輪からではなく、自分自身の体の中から湧き上がってきた気がしました。

「私、指輪を頼りすぎていた。自分で見つめることを忘れていたわ。ママもパパも小さい頃からいつも教えてくれていたの。大切なことは心の目と心の耳をすますこと、そして自分を信じること」


　モナはまず静かに目を閉じて、心を集中させました。すると気になる方角があることに気がつき、そちらへ体を向けました。そして、閉じた目をそっと開けてみました。

するとどうでしょう。砂の上には何もなかったはずなのに、目の前には錆びた鉄でできた扉があったのです。

「扉だわ」

その瞬間でした。不思議なことに、みんなの目にもその扉が見えたのです。それはまるでモナとみんながひとつにつながっているような感覚でした。

扉を開こうとノブを回しましたが、ビクともしません。

「鍵がかかってる」セオが言いました。

「さっきの鍵!!」モナが扉の鍵をポケットから出すと、鍵はモナの手から離れて、まるで意思があるかのように、自分から鍵穴に入って回りました。ガシャン。音を立てて扉の鍵が開きました。

コイルが叫びました。

「ここにきっとナットがいる。ナットを連れさった者が、扉が見えないように術を使って、ここにナットを隠したに違いない」

モナが扉の中へ入ろうとしたとき、サラが止めました。「まず私が入ってみよう」

ところがどうしたことでしょう。そこにはもうひとつの見えない壁があるように、サラの体は一ミリも中へ入ることはできませんでした。続いて交替したセオも同じように中へ入ることができませんでした。

コイルがため息をつきました。

次にモナが見えない壁に手を当てようとしたとき、壁がないことがわかりました。

「私は入れるわ」

「僕もやってみる」

続いてリトもそしてコイルも中へ入れることがわかりました。

サラとセオは何度も試してみたけれど、やはり、入ることができませんでした。

セオは考え込んだあとに、言いました。

「いにしえからの言い伝えを思い出したよ。海の底には『核心の扉』がある。その『核心の扉』にはエルガンダに住む人間は入ることができない。ここで『ゆだねる』ということを学ぶのだと。きっとここがそうだ。僕たちは入れないんだ」

サラが言いました。

「モナやれるか?」

モナがきっぱりと言いました。

「だいじょうぶ。リトとコイルがいてくれるから」

サラとセオにお礼を言って別れ、モナは扉の中へと進みました。

第十五章　魚人のいる館

海底には扉がひとつしか見えなかったのに、その扉の奥には違う世界が広がっていました。大きな屋敷が広がり、屋敷に足を踏み入れると、入り口横の大きな窓の外に、ゴツゴツとした岩の砦が見えました。

「うーん」とコイルが不思議な声を上げ、苦しみ出しました。そのとき、コイルは奇妙な感覚にとらわれました。ヒレの付け根のところの細胞が、急にザワザワと活発になるのが感じられ、そこが細胞分裂を起こしたかのようにむくむくと膨れ出し、あっという間に足が生えてきました。

コイルは最初は足の感覚がわからず、膝をついて、よろけていましたが、次第に自分の力で歩けるようになりました。「水がなくても息ができる」と言いました。

ここは不思議な場所でした。

どこから現れたのか、コイルと同じような魚人が二人、モナたちに深々とお辞儀をしました。

「お待ちしていました。こちらへお通しするように言われています」

「私たちが来るとわかっていたのですか？」

魚人は返事をせずに、モナたちに先立って歩き出しました。

コイルが大きな声で言いました。

「ナットをどこへやった！」

「乱暴な物言いをされる方ですね。落ち着いてください」

「ナットをどこへ隠したんだ！」

「人の家へ上がり込んできたのはあなた方のほうでしょう。そのような乱暴な言葉は慎んでください」

コイルが魚人を勢いよく押しのけようとしました。

魚人の目がギラリと光りました。頭から、イッカクのような鋭いツノが出て、コイルを傷つけようとしました。モナがさっとコイルの前に立ちはだかりました。

「大切な奥さんがいなくなったのです。許してあげてください」

「コイル、怒りからは何も生まれないわ」

コイルがうなだれたのをみて、魚人のツノはポキっと折れて、下に落ちました。

この建物の中では、細胞のＤＮＡのスイッチがＯＮになって分裂して急に足が生えたり、ＯＦＦになって、ツノが落ちたりもするのだろうかとモナは思いました。

「ガシューダも、人間の体でＤＮＡがそうしているように、何かのスイッチで、ＯＮとかＯＦＦにして、作ったり出会わせたりするのかな？」

「モナ！」リトがたしなめるように言いました。

「今はそんなこと考えちゃダメだよ。油断しないで。もう本当にモナったらすぐに考え事してさ」

モナたちが案内された部屋には大きなふかふかのソファが並んでいました。

「僕たちのこと歓迎してるみたいだね」とリトが言った通り、ほどなくお茶が運ばれてきました。ここは敵陣と思って用心深く入ってきたのに、歓迎されているのはどういうことでしょう。

ほどなくして、正面の大きな壁にかけられていた絵が、パタパタと真ん中から外へと畳まれていき、額縁だけを残し、真ん中に穴が空きました。そして、その奥にある階段から、何者かが降りてくるのが見えました。一人は長いマントを着ていて、ずいぶんと歳をとって見えました。もう一人は黒い服を着て、とがった帽子を深くかぶっていました。声からすると若い男のようでした。

その年老いた女は美しい装飾のついた椅子に座り、静かに低い声で話し出しました。その声はひどくしゃがれていました。
「客人たち、よくいらした。わらわはこの国の王たるものである。国民を愛し、国民のしあわせのために毎日をすごしてきたのじゃ。ところが、海を支配し、光を支配し、空を支配する悪い魔女たちが、この国を好きなようにしている。ふとどきせんばん。許してはおけぬ。モナ、おまえは、わらわの片腕となり、共にこの国を守るためにここへ遣わされたのじゃ」

モナはこの年老いた女の言うことなど、信じられませんでした。話に出てくる悪い魔女というのは、おそらくモナの大切な仲間である水と鏡と空の魔女のことだと思われました。三人はいつも優しく、三人こそがこの国を愛し、守ってきたとモナはよく知っていました。

女が、モナに「こっちにこい」と言いました。モナが進み出ると、女は、手袋をはめた手をモナの肩に置いて、モナをぐっと引き寄せました。

リトが唸り声をあげました。その瞬間、女はリトを睨みつけ、突き飛ばしました。

「モナ、なあ、我々は仲間じゃ。そちは、わらわの味方となり、共にこの国を導いていくのじゃ。ここにもそれが書かれてある」と言いました。

女が持っていたのは、なんとすべてが書き込まれている黒魔術の本でした。

モナが口を開こうとしたそのとき、控えていた若い男が言いました。

「お待ちください。この者はモナではありません」

「なんだと！」

「それが証拠に、偽りの指輪をしています。モナの持つ指輪は伝説の指輪のはずです。おそらく、祭りの中からモナに背格好がよく似ているものを選んで、モナに仕立て上げて連れて来たのでしょう。このような偽物は早く村へ帰してしまいましょう」

「手を出せ」

おずおずと差し出した手にはめられていた指輪は、モナの目にもはっきりわかる偽物でした。指輪には色こそ同じでしたが、ガラス玉が埋め込まれていて、放つ光がまるで違っていました。

モナはうろたえました。

「どうしてこんなことが」

おつきの若い男がモナを怒鳴りつけ、言葉をさえぎりました。

「娘、いまさら取りつくろおうとしても無駄だ。おまえなど、ここに必要のない者だ。下がれ」

「さあ、この者たちをさっさとここから追い出してしまえ」

最後の言葉は魚人に向けての言葉でした。

魚人が姿勢を正しました。

「かしこまりました」

ところが女がそれを止めました。

「待て、わらわはこの瞬間を待っていたのだ。モナがいなければ、わらわがエルガンダを支配することなど……」

言いかけたあと、はっとした顔をして、魚人に命じました。

「とりあえず牢へぶちこんでおけ。あとで口を割らせて、本物のモナの居場所を確かめなければ」

あっと言うまに、モナは後ろ手にして縛られました。リトも今は魚人の姿になったコイルも、縛り上げられました。

若い男が、魚人のそばに近寄り、「リトはモナと同じ場所へ」と小声でささやきました。

そして、みんなは、暗い洞窟の石牢へ入れられてしまいました。

第十六章　牢へ

　魚人はモナを乱暴につかみ、牢の中へ放り込みました。

「なんだ、偽物！」

　そのとたん、リトがしばられたまま魚人に飛びかかろうとしました。けれどモナがリトを止めました。

「待ってリト」

「あのぅ、お名前を教えていただけますか？」

　魚人は驚いて聞き返しました。

「名前なんて聞いてどうする」

「だって、あなたのこと、どうお呼びしたらいいのかわからないのですもの」

　魚人は戸惑っていました。

「とらえられて、ここに無理やり連れて来られてから、名前なぞ呼ばれたことがないのに」

　リトは変わらず、モナを守ろうと身構えて、魚人を睨んでいました。

「リト、みんな理由があるのよ。辛い思いもされたのよ。命令にも従わないわけにはいかない。本当にどんなに悲しい思いをされたことでしょう。コイルもそうであるように、きっとここへ来るまでは足もなくて、みんな自分らしくいられたはず。自分が自分でいられないのは、とてもつらいことだわ」

モナは魚人をまっすぐに見つめました。

「ごめんなさい。リトを許してください。リトは私を守りたいだけなんです」

魚人もモナを見つめました。そして、ぽろりと涙をこぼしました。

「僕こそ、失礼なことをしてすみません。僕、心をなくしてしまっていたから。本当は海に戻りたい。恋人だっているんです。母も父も僕を探している。あなたにひどい仕打ちをする僕は本当の自分ではない。いつのまに、こんなふうになってしまったのだろう」

牢番の魚人は、モナたちを縛ったひもをはずし、もう一度深く頭をさげて静かに牢の錠をおろしました。

薄暗い牢の中で、モナは元気をなくしていました。

モナにはもう何もわかりませんでした。ここにいる魚人たちは、どうしてみんな悲しい思いをしなくてはならないのか。そして、なぜ指輪が偽物だったのか？　だったら本物はどこに行ったのか？　どうしてあの男が指輪を偽物だと知っていたのか？　黒魔術の本にはモナがあの年老いた女の仲間になると本当に書かれてあるのか？　黒魔術の本は本当のことしか書かれていないはず。私があの女の仲間になるなんて、そんなことがあるのだろうか？ナットと三角帽子のおじいさんはどこに行ったのか？　そしてこれからどうしたらいいのか？

リトはモナが心配でした。モナは何も言葉を話さず、すっかり落ち込んでしまっているのがリトにはよくわかりました。リトはどんなことがあっても、決してモナから離れないと思うのでした。

通路を隔てた向かいの牢からひどく気落ちした低い声がしました。

「モナは偽者なのか？」コイルの声でした。

「思い出せば、サラとセオが連れてきたからモナだと思い込んでいたが、指輪が偽物であれば、モナも偽者ということになる。私をだましたのか」

「何を言ってるんだ。モナが偽者だなんて。だますだなんて」

リトが怒った声をあげました。

モナが力無く言いました。

「私、わからないわ。何もわからない。海底へ落ちて行くとき指輪が震えて暖かかった。魔女たちと共にいられると思えたの。いったい何が起こって、指輪が偽物に変わっちゃったの？　それとも知らないあいだに、私自身が偽者になってしまったの？　私は私じゃなくなっちゃったの？」モナはコイルをじっと見て、頭を下げました。

「ごめんなさいね、コイル。何もできなくて」


どこからか突然、聞いたことがないキーキーした声がしました。

「コイル、何を言ってるのか自分でわかってるのか？　もともとはコイルがモナをここへ連れてきたんじゃないか。コイルの願いを聞き届けようとして、モナは巻き込まれたんだよ。コイルが怒るなんて筋違いだよ」

キーキーした声の主が、モナのポケットからそっと顔を出しました。それは、セオがドロリとした薬を飲んだときに、あふれて飛び散ったものがかかったあのニョロでした。ギョロリとした目でコイルを見ていました。

「気がつかなかった。ついてきたの？」

モナが手のひらにそっと乗せて、覗き込んでニョロに尋ねるとニョロは気を張るように顔をあげました。

「なぜって、これはコイルやナットだけの問題じゃないからね。モナは間違いなくモナだよ。僕は入り江からしばらく一緒だっただけだけど、僕たち弱い生き物は、僕たちを決してないがしろにしない存在に敏感なんだよ。モナはいのちに対していつも優しい。それはわかるよ。僕、だからモナについていきたいって思ったんだ」


リトも言いました。

「モナがモナであることを決めるのがあの指輪だなんておかしいよ。モナがモナだとはっきりわかるのは、持ち物ではないよ。別のものさ。きれいに着飾っていても、豪華な宝石をつけていても、その指輪が本物だろうが、偽物だろうが、そんなことでは何も決められないよ。決してモナが悪いわけじゃないのに、コイルの気持ちを思って、コイルにごめんなさいって言えるのは、それがモナがモナであるという証拠だよ」

一生懸命話すうちにリトの目から涙が止まらなくなりました。そして、声をあげて泣きました。

「ひどいよ。ひどいよ。偽物だなんて」

それくらいリトにとって、モナが大切でならなかったのです。

コイルが低く答えました。

「すまなかった。私自身もどうしたらいいのかわからないのだ。モナさえ来てくれればという思いが確かにあった。ところがナットが連れ去られた。それでもモナさえいればなんとかなると思っていた。それなのにとらえられ、我々はみんな、牢獄の中にいる。けれど、私のこれまでの思いは、考えれば甘えだ。モナにすっかり頼り切っていたのだ。愛するものは、我が手で守らなくてはならないのに」

第十七章　愛するものは守らなくてはならない

『愛するものは守らなくてはならない』その言葉がモナの心にスイッチを入れました。

「探さなくちゃ。ここをどうにかして出なくちゃ」

そのときニョロがはっとした顔をしました。

「僕、鍵を開けることができるかもしれない」

そういうと、ニョロは体を細くして鍵穴に入っていきました。みんながドキドキしながら見守る中、牢の鍵が音を立てました。

「開いた！　すごいわ。ニョロくんすごい！　ありがとうニョロくん」

首を出したニョロもまた、少し泣いているようでした。

「僕、僕、うれしい。僕がモナの役に立つなんてすごくうれしい。ほめられたことなんて、今まで一度もなかったんだ」

「ニョロじゃないとできなかったさ」リトの声に、ニョロはいっそううれしそうでした。

ニョロは続いて通路を渡って、向かい側のコイルの牢の鍵も開けました。

「ニョロくん、私のポケットに入って」

　モナの差し出した手にニョロが乗り、ニョロはポケットにそっと入れられました。

　エルガンダの国の危機はいつも自分の住む世界の危機でもありました。そこは、大好きなパパやママ、友だちの住む世界です。そして、エルガンダも大好きな場所。二つは別のものではないのです。ニョロがニョロだからこそできたことがあるように、こんなちっぽけなモナだけど、モナだからこそできることがきっとあるはずです。


　牢の前の通路は、奥までずっと続いているようでした。

「二手に分かれて探しましょう」

　モナとリトとそしてニョロは右へ、コイルは左へ進もうとしたときでした。

「待て！　ナットの匂いがする。ここを通ったに違いない。こっちだ。私たちは目がほとんど見えない。その代わり耳と鼻はとても利くんだ」

　それを聞いてモナたちもコイルと一緒に進むことにしました。

　コイルは、手がかりをつかんだことがとてもうれしかったのでしょう。すごいスピードで走って行きました。モナたちが後を追うのもやっとのことでした。

第十八章　時間の隙間

そのときです。小さな通路から突然手が出て、モナが引っ張り込まれました。後ろを追うリトにもわからないほどの速さでした。

モナは口を覆われて、声を出すことができません。

そこにいたのは、あの若い男でした。

「モナ、僕だ。わかるだろう」

「その声は、まさかホシノくん?」

モナの友だちには、カガミくんとホシノくんという男の子がいます。どうやら、あちらの世界とこちらの世界はつながり、リンクしているらしいのです。

カガミくんはこちらの世界では、目が見えず、耳が聞こえないミラーという男の子として、モナを守ってくれました。でも、あちらの世界ではカガミくんは、自分がミラーだということは、全く知らないようでした。

ホシノくんは、友だちと言っていいのか、よくはわかりません。女の子とはほとんど口をきかず、モナともほとんどおしゃべりしたこともありませんでした。けれど、ホシノくんはカガミくんと違って、誰も知らないはずの魔法の国のことを知っていて、モナに「いくら魔女の修行のためだとしても、エルガンダには絶対に行くな」と乱暴に言ったりするのです。そしてホシノくんはこの世界ではプラネットと呼ばれていました。

前にエルガンダに来たとき、モナは突然消えた友だちの金魚のギルとママを探しに来ていました。その旅でも、危険に立たされていた夜、突然現れたのがクラスメートのホシノくんでした。モナはそのとき、冒険の仲間と野宿をしていました。

星空を見上げながら、モナも昼の疲れからほどなく眠りに落ちました。

モナは夢を見ていました。小さいときに、モナはママに髪をなでてもらいながら眠る癖がありました。モナの髪一本一本を、そっととかすように、ママはいつも優しくモナの髪をなでてくれました。

「ママ?」

声にならない声を出して目をあけるとモナの髪をなでていたのは、空中にキラキラと輝く、手でした。手は手首から先しかなく、人差し指で指し示す形にかわり、その指がさした方角に目をやると、そこに誰かが立っていました。モナは驚きました。その男の人がホシノくんだったからです。

みんなを起こさないように気をつけながら、モナはそっと起き上がりました。

「ホシノくん、驚いたわ。いったいどうしてここにいるの？」

教室ではモナばかりか、女の子とほとんど話をしないホシノくんが、今日はモナに親しげで、そしてとてもさびしくて悲しげに見えました。

「モナ、どうしても、お母さんを助けに行くの？」

「どうして、そんなことを聞くの？　だってそのために私はここへ来たのよ」

「どんな危険が待ち受けているかわからないじゃないか」

「わかってる。ホシノくん、あなただって、お母さんを救うためだったら何だってするでしょう？」

ホシノくんは少し黙って、またモナの顔をじーっと見つめました。

「僕には母親も父親もいないんだ。赤ん坊のときに捨てられていたそうだよ。僕を見つけた人は、僕をとっても可愛がってくれた。とても素晴らしい人なんだ。そばにいるだけで、みんなが優しくなれるし、温かい気持ちになれるんだ」

ホシノくんは、モナが見たこともないような優しい顔をしていました。

「そう。お父さんやお母さんがいなくても、そんなに素敵な方と一緒でよかった」

流れ星が、またスーッと流れました。違う世界のこんな夜に出会って、二人並んで話をしていることは、本当はとても不思議なことのはずなのに、なぜか、モナには自然なことのように感じられました。

ホシノくんはしばらく黙っていましたが、やがてうつむいて言いました。

「モナ、もしその大事な人が、病気かなにかで、人が変わってしまったらモナはどうする？」

「そうなの？　ホシノくん、その方、ご病気なの？」

「ああ。すっかり変わってしまったんだ。昔、食べ物がないときに、たった一個のパンを自分は食べなくても、僕たちやみんなにわけて、『自分はお腹がすいていないからいいのよ』と言っていたその人が、今は何もかもをすべて自分のものにしたがってる。苦しみを真っ先に感じていた人が、今は、誰の苦しみもわかろうとせず、自分のことしか考えられなくなってしまったんだ。本当にどういうことだろう。僕は、今のあの人が、本当のあの人だとはどうしても思えないんだ。きっと、もとに戻れる日が来る。今がどんなに恐ろしい人であっても、僕にとっては変わらず、とても大切な人なんだ」

ホシノくんは泣いているようでした。

モナはなんと言っていいかわかりませんでした。ホシノくんのつらい気持ちがモナの心にもつらくさびしい影を落としました。

「ホシノくん、つらいでしょうね。ごめんなさい、何もできなくて。でもね、もし、もし私に、何かできることがあったらどんなことでも言ってね」

「いや、いいんだ。ありがとう。モナはまた眠った方がいい」

ホシノくんは、モナを急に抱きしめました。背の高いホシノくんが抱きしめると、モナの顔は、ホシノくんのセーターの胸あたりになりました。やわらかなセーターのにおいが、温かくモナを包みました。

「僕はできることなら、君のことも守りたいんだ」

「え！　私のことを？」

ホシノくんの言葉に、モナは驚きました。

ホシノくんがぽつりと言いました。

「今は時間の隙間なんだよ。僕は時間の隙間を使う」

「時間の隙間？　ホシノくん、まるで魔法使いみたいなことを言うのね」

ホシノくんの声で、振りかえると、どうしたことでしょう、そこにはもうホシノくんがいませんでした。

そのホシノくんが、今、目の前にいました。黒い服を着た若い男がホシノくんだったなんて、モナはとても驚きました。では、あの年老いた女は石の魔女？

ホシノくんはモナの手をとって、指輪をはずし、ポケットに持っていた別の指輪をはめました。あのキラキラとした石が入った指輪でした。指輪からは、温かいものが波のように伝わってきました。ホシノくんは言いました。

「モナ、本当はこの指輪をしていてもしていなくても、モナはいつもモナだし、どの魔女もガシューダもいつも一緒にいてくれるんだよ。そして僕もいる。忘れないで。石の魔女は簡単にはあきらめないよ」

「これは前の冒険の続きなの？」

「いやそうじゃない。その前さ。モナはその前の争いが起きたときに来たんだ」

「だって、あのときはいちじくがもっと子どもで……」

「モナ、時間には秘密がある。モナの知っている時間軸にとらわれちゃいけないんだ。僕は石の魔女のこともほおっておけないんだ。でも、君も守りたい」

　そして、ホシノくんはまたモナをぎゅっと抱きしめました。モナのほおに涙がツーっと流れました。

　ホシノくんはモナを通路へ押し戻しました。

「このまま進むと右側に黄色い壁がある。その奥にナットがいる。黒魔術の番人も一緒だ。本当はモナに今すぐ帰ってほしいんだ。でも、すぐに帰ってと言っても、モナが帰らないのはわかってるんだ。ナットたちを探すだろうから。モナは悲しんでいる人を放っておけな

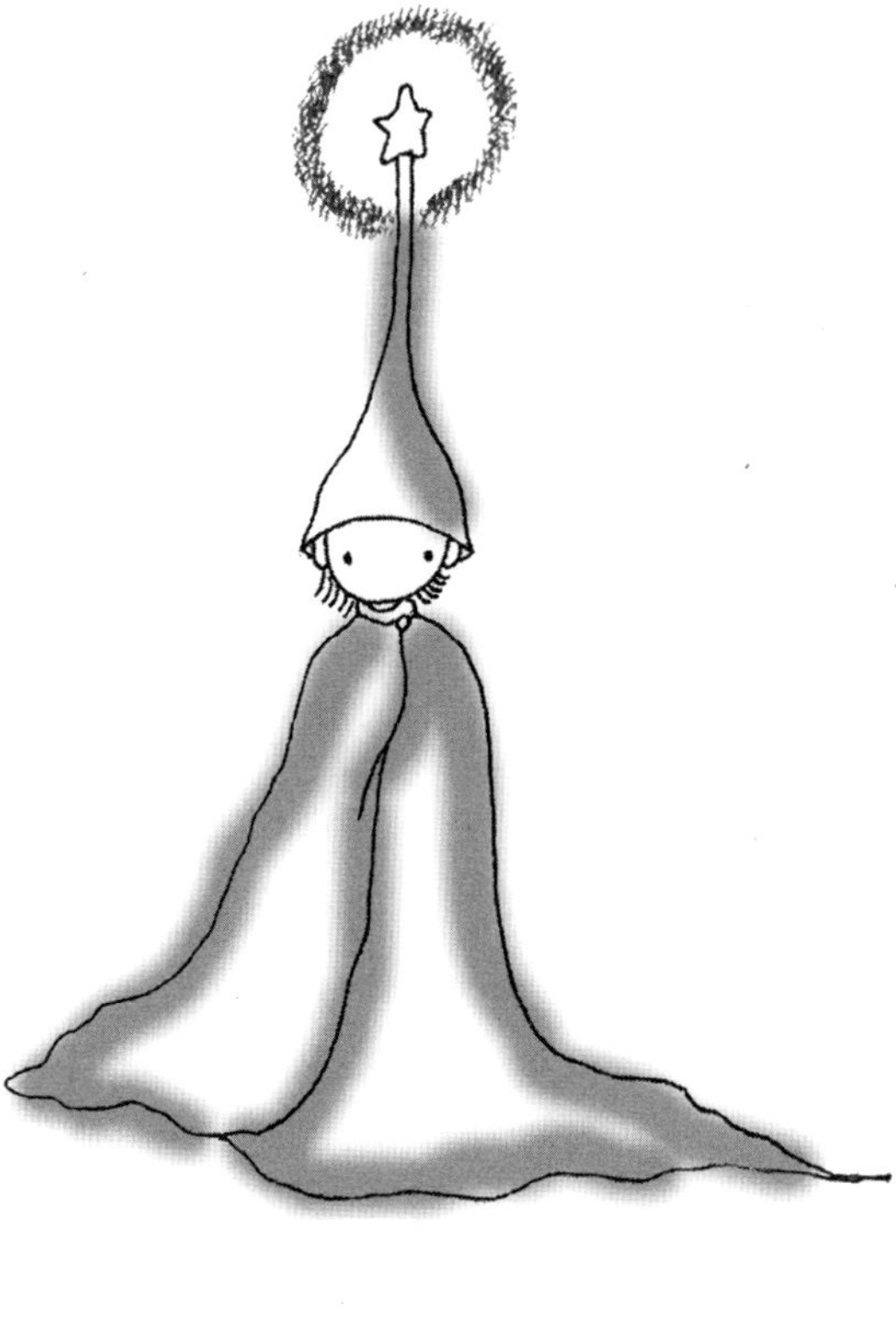

いから」

「僕は石の魔女にも罪を犯してほしくない。ナットや赤ん坊も殺してほしくはない。だから、モナにナットを連れ帰ってほしいんだ。このあとの道はきっと指輪が教えてくれる」

そう言うと、ホシノくんの姿は消えてしまいました。

第十九章　それぞれのドアへ

ホシノくんが「時間の隙間を使う」と以前言ったように、モナがリトの目の前から消えたのは一瞬のようで、リトはあれ？　と少し思ったけれど、モナが一度消えたとは気が付かないほどの時間でした。

モナが先を急ぐと、廊下の壁は虹色のように、さまざまな色になっていました。その先で、コイルが困った様子で立っていました。

「匂いが消えているんだ」

その場所に、黄色の壁がありました。

「コイル、たぶんここよ。この奥にナットや黒魔術の番人のおじいさんがいるんだわ」

コイルが体当たりをすると、壁に穴があきました。

その向こうには、奥さんのナットと黒魔術の番人がいました。

ナットは白い肌をした美しいシーラカンスで、お腹がとても大きくて、お産が近いのだということが見た目にもわかりました。そして、コイルと同じように、体から足が生えた魚人の姿をしていました。

話したいことや聞きたいことはたくさんありました。でも、今はそのときではありません。

「すぐにここを出なくてはならない。でもいったいどこから逃げたらいいのか」

コイルの声が聞こえたかのように、モナの指輪から二つの光が出て、部屋の壁を照らしました。

そこには二つのドアができました。水色の光が照らしたところには、水色のドアができました。ドアの鍵穴から外をのぞくと、その向こうはどうやら海のようでした。

そして、銀色の光が照らしたところには銀色のドアができました。

「きっとここから行けば、どこかの鏡に出られるはずよ」

そのとき、黒魔術の番人が言いました。

「コイルは、この城を出たときに、自分の足はどうなっているのか、息ができるのかを気にしておるな」

「海のものは水色のドアへ。自分の姿に戻ると出ている」

「だって、おじいさん。黒魔術の本は石の魔女が持っていたはず。黒魔術の本が手元にないのに、どうしてそんなことがわかるの？　前は黒魔術の本の表紙の顔がおしゃべりして、教えてくれていたのに」

番人のおじいさんはモナに優しく説明をしました。

「ガシューダの思いは、どこにでもある。モナの中にも、水の中にも、そうリトの中にも。そしてむろん、私の中にも。黒魔術の本がしゃべらなくても、本当は誰でも、どこからでも、ガシューダの思い、つまり本当のことを、紡ぎ出せるのじゃ。モナ、番人のわしとて、少しはわかる。心の目と心の耳をすませば、ガシューダにとって、すなわち全てのいのちにとって必要なことなら、ガシューダが教えてくれるのだ」

「おじいさん、ありがとう。コイルとナットは水色のドアへ進むのね。私たちは銀色のドアね」

ナットが言いました。

「私たちはモナと一緒にいなくてもいいのかしら。私たちやこの危機を救ってくれるのはモナのはず」

コイルはナットの体をなでて「すべてガシューダの思いのままに」と言いました。

モナはずっと心にひっかかっていることがありました。石の魔女がモナに言った言葉でした。石の魔女は「モナ、なあ、我々は仲間じゃ。そちは、わらわの味方となり、共にこの国を導いていくのじゃ。ここにもそれが書かれてある」と言ったのです。

黒魔術の本に書かれてあるということは、モナにはとてもショックなことでした。そしてそれはここにいるみんなにとっても重大な問題で、どうしても知りたいことでもあったのです。

おじいさんが再び口を開きました。

「モナも知っているように、あの黒魔術の本は、目の前の人の知りたいことをひとつだけ、答える。あのとき、石の魔女の心にあったのは『私にとって、モナは必要な相手かどうか』ということじゃった。石の魔女は、エルガンダを支配したいという自分の野望に、モナが本当に協力する相手かどうかを知りたかったのじゃろう。でも、黒魔術の本は本当のことしか言わない。『モナはなんじにとって、間違いなく必要』と言った。じゃがな、出会う人、出会うモノ、出会うコト……すべてはお互いに必要だから出会うのじゃ。そしてこの宇宙全体にとっても必要だから出会う。本人の思いとはまったく別であってもな。ハッハッハ、石の魔女にはそれがなかなかわからない。モナにはわかるか？」

これまでも、モナは何度もこの言葉を聞いてきました。お父さんからも、たくさんの魔女たちからも学びました。そしてモナもやっぱり今はわかるのです。どんなに嫌だと思った相手も、悲しいと思った出来事も振り返ればやはり必要だった。どの出会いも、出来事も、それがあったから、今があると思えます。おじいさんの言葉に、みんなほっとしました。

そのとき、廊下から魚人たちが飛び込んできました。サメのように見える大きな魚人が「捕まえろー」と手下に叫んでいます。中にはあの牢番の魚人もいました。

「早くドアの中へ」モナが叫びました。

コイルとナットが水色のドアに飛び込んだとき、モナは、牢番の魚人を水色のドアへ押しやって、「コイル、この方も一緒に」と言いました。あっという間に、三人を飲み込んで水色のドアが消えました。

リトがモナのスカートをしっかりつかんで、銀色のドアへ飛び込み、すんでのところで、モナも逃げ込むことができました。

「モナ、あぶなかったよ。あの牢番のために、やられちゃったらどうするんだ。いつも自分のこと後回しにしてさ、お人よしだな」ニョロが言うとリトが「これがモナだからね、やれやれだけど、仕方がないんだ。だから僕たちでしっかり守らないとね」

いつのまにか、ニョロも大切な仲間になっていました。

第二十章　ミラーとの再会

銀色の道は、少しずつ暗くなっていきました。モナは追っ手から逃れてほっとしました。でもこれから先どうなるのか、どうしたらいいのかはまだわかりませんでした。それよりも、モナは、懐かしい感じに心が奪われていたのでした。

この道は鏡の魔女の家へ向かう道かもしれないと思いました。これまで何度か、いろいろな入り口から、鏡の魔女のところへ向かったことがありました。

そしてその道で、ミラーと会いました。ミラーは目が見えず、耳も聞こえません。けれど、ミラーと手をつなぐと、まるで手を通して心が伝えあえるように頭の中に、ミラーの言葉が浮かんできて、二人で会話をすることができるのでした。

前にミラーにあったときに、ミラーと手をつないで、話をしました。そのとき、ミラーはエルガンダの秘密と石の魔女についての大切な話をしてくれたのです。

「昔は石の魔女も決して悪くはなかった。魔女たちはその昔、みんなで理想の国エルガンダを作った。鏡の魔女が光をつくり、水の魔女が川や海を作った。そして、石の魔女は空には星を浮かばせ、地面には岩山を作った。石の魔女は星空を愛し、そして岩山の中の水晶の洞窟を愛した。ところがあるとき空から『紫の涙』という大きな宝石が落ちてきた。それを手にしてから、石の魔女の様子が一変してしまったんだ。美しいこの国エルガンダを、石の魔女はどうしても自分ひとりのものにし、この国を自分の思い通りにしたいという妄想にとりつかれたんだ」

「エルガンタは本当は誰のものなの？」

「ここは誰のものでもないよ、エルガンダはみんなのもの。ここに住んでいるものたちだけでなく、離れたところに住んでいるものたち、たとえばモナの世界の人たちや、もっともっと遠くのたくさんのものにとってもエルガンダはとても大切なところさ」

ミラーが教えてくれたことを思い出して、わかったことがありました。なぜ、ホシノくんが石の魔女をこんなにも大切に思うのかということでした。石の魔女ももともとは優しいい魔女だったのです。今は誰かに悪い魔法をかけられて操られているのかもしれません。けれど、それは、誰にだって起きることなのかもしれないと思いました。悪い魔女になったのはたまたま石の魔女だったけれど、もしモナの上に「紫の涙」が落ちてきたら、変わったのはモナだったかもしれません。モナが変わってしまったら、みんなはモナを愛してくれなくなるのでしょうか？

人間の世界だって同じです。交通事故や病気などで、性格が変わってしまうという話をモナは聞いたことがありました。私が、急に乱暴になったり、他の人のことを考えられなくなったら、それでも、みんなはこれまで通りモナを愛してくれるでしょうか？

いつかママが教えてくれたことがありました。

「小さなことも、大きなことも同じ仕組みでできているのよ。体の中で、怪我をして足が痛くなったら、身体中が足を応援する。決して目や手は怪我をした足を責めない。人との関係も同じこと。嫌いな人がいたとしても、それは自分の一部なのよ。誰もが、本当は自分の目だったり手だったり足だったりするの」

いつしかモナも石の魔女のことを大切と感じ始めていました。

モナはエルガンダに来るたびに、自分の中の時間の感覚では、本当の時間というものを理解できないのだということを思い知らされていました。

空の魔女は以前、モナにこう教えてくれました。

「お茶碗の底からしか見えない世界にいると、世界の形は丸いって思って、それ以上は何も考えられない。時間は古い順番に一列に並んでいるってみんなは思っているけれど、違うわ。時間は広がっているし、つながっているの。裏側に隠れていたり、ねじれていたり、重なっていたり…。そしてね。どう見えるかは何を軸にするかによって、変わってくるのよ」

モナは、すぐにお茶碗の底からばかり見てしまうということでしょうか？　それにしても、モナはいったい今、どこの時代にいるのでしょう。時代という考え方すら、もう間違っているのかもしれないとモナは思いました。でも、石の魔女が「紫の涙」を手にしたあとだということとは、石の魔女の様子からもわかりました。

第二十一章　争いも必要なコト？

走りながらも考え事をしていたモナの手に、急に懐かしいミラーの手が触れました。いつのまにかミラーがモナの横にいました。

モナがミラーと手をつなぐと、すぐにミラーの声が心に響いてきました。

「モナ、僕は見えないし、聞こえないけれど、においや振動はよくわかる。大きな地響きを何度も感じた。焦げ臭い匂いも広がっている。上で、絶え間なく争いが起きているに違いないよ」

「ミラー　待ってくれてたの？　急に現れたから私、ちょっとびっくりしちゃった」

モナはずっと会いたいと思っていたミラーに会えてすごくうれしくて、そして大変なことがいっぱいあったので、ほっとしました。

「すまない。でもね、急がなくちゃ。みんな集まってる。大変なことが毎日起きているから、水の魔女も鏡の魔女も空の魔女もね。実行すると決意したんだ。さあ行こう」

モナとミラーはしっかり手をつなぎあいました。手からはモナの見えるものが伝わり、ミラーからはたくさんの元気や勇気が伝わってきました。

トンネルの先にあったのは、懐かしい鏡の魔女の家のある丘でした。けれど、あんなに輝くようだった鏡の魔女の家は輝きを失い、緑に覆われていた庭も枯れ果てていました。

はやく鏡の魔女に会いたいと思ったけれど、そこに空から大きな音を立てて爆弾が飛んできました。そして、鏡の魔女の家の軒先をかすめて落ちて行き、枯れ野原に火がつきました。

「さあ、はやく」

ミラーはモナの手をとって、まるで見えるように先へと進んで行きました。モナの心がわかったように「ここは、通い慣れた道だから、見えなくてもいけるよ」と言いました。

鏡の魔女の部屋に続く道もみんな輝きを失っていました。

そして、鏡の魔女の部屋もそうでした。そこには、水の魔女と空の魔女と、そして鏡の魔女がいました。

水の魔女が言いました。

「モナ、よくがんばりました。ナットを救い出してくれて、ありがとう」

空の魔女が言いました。

「モナ、驚いたでしょう。今、この世界は大変なことになっている。時間がないわ。この世界が元気をなくせば、やがてモナの世界も同じことになる」

鏡の魔女も言いました。

「やっぱり争いを起こしていたのは、石の魔女だったのですね。あんなにいい人だったのに……。

ねえ、モナ。空から落ちてきた『紫の涙』は、誰のものでもないかもしれない。でも今は、石の魔女の大切なものには違いない。それはわかっているの。だから私たちが、それを奪っていいかすごく迷ったわ。

私たち何度も話し合ったの。もし、私たちの仲間の誰かが、何かが原因で、悪いことばかり考えるようになったら、私たちは、全力で、その仲間に、なんとか元に戻ってもらおうとすると思う。もし、私が変わったら、やっぱり、元に戻してほしい。それが、自分のしあわせだし、みんなのしあわせだもの。石の魔女だって、深いところではそう思っているはずよ。そのためにはやはり、『紫の涙』を奪わなくては、それしか私たちにできることはないんだもの。

これまではいつも思っていた。争いからは何も生まれないと。でも、私たちも愛するものは守らなくてはならないし、石の魔女のこともほおってはおけないわ。たとえ争いを起こしても、私たちは石の魔女から『紫の涙』を奪わなければならないわ」

モナは三人の魔女が言うことがよくわかりました。それでも、わからないこともたくさんありました。

「今も爆弾が落ちている。たくさんの人が傷つき悲しんでいる。こんなことが、本当にいつかのいい日のためにあるの？　この争いも、石の魔女が変わったことも、ガシューダが必要と思って用意したの？　そんなこと、私、とても信じられないの」

空の魔女がモナの言葉を遮りました。

「私たちは何度もそのことを話し合ったの。何度もモナと同じことを考えたわ。私たちもわからないの。でもね、モナ。目の前で大切な仲間が傷ついている。家を奪われている。私たちは、それを知らん顔していていいのかしら。もし、目の前でモナが誰かに襲われたら、私は絶対にモナを必死で助ける。たとえそのために相手を傷つけることになっても、モナを守ろうとするはず。そう考えたときに、私たちは、今、何もせずに、このままそれを許すことがいいとも思えない。やはり、全ての悲しみの始まりの『紫の涙』をどうにかしなくてはならないわ」

気がつくと空の魔女は泣いていました。水の魔女も鏡の魔女も同じでした。石の魔女から「紫の涙」を奪うと決めるために、みんなモナと同じ疑問を持ち、悩み、苦しんでその結論を出したのだとモナにもわかりました。

第二十二章　いのちの魔女

「僕もわからないことがあるよ」リトがモナの後ろから顔を出して言いました。

　どんなに大切な時間でも、みんなが小さなリトの疑問にも耳を傾けてくれるのが、リトにはとてもうれしいことでした。

「あのね、うんとね、僕、もちろんモナはりっぱな魔女だと思ってるんだけどぉ、でも、やっぱり新米でしょう？　どうして、りっぱな魔女が三人もいるのに、石の魔女はモナを探して、モナを仲間にしようとしたんだろう。他の魔女だっていいはずでしょう？　僕ずっと考えていた」

　本当にリトの言う通りだとモナも思いました。なぜ私なの？　という思いがいつも心にひっかかっていたのです。

　水の魔女が優しく言いました。

「みんな役割があるの。それぞれはつながっているけれど、でもそれぞれに大きな役割がある。水の魔女は水。鏡の魔女は光、そして空の魔女は空」

　リトもうなずきました。

「そしてモナは森の魔女」

「そう、森の魔女、そしてね。森の魔女のモナはいのちをつかさどるのよ」

モナが驚いて目を大きくしました。

鏡の魔女がミラーに頼みました。

「ミラー、お願い。金色の書の森の部分を歌ってくださる。これは古い言い伝えの歌なのよ」

ミラーが美しい声で、その古い言い伝えの歌を口にしました。

森は宇宙だ

木々の呼吸は
動物や虫たちの
ずっと続くいのちを支え
小さな虫が吐く息も
大きな森を支えている

けれど
くまや蝶や微生物が
森のために生きている
そんな自覚があるはずもない

木々がやがて葉っぱを落とし
土を肥やし　小さな双葉が顔を出し
虫を助け　果実が実る

誰かのためでないけれど　誰かのためにすべてが生きる

私たちのこの宇宙も
きっときっと同じはず
すべてがつながり　すべてはすべてのためにある

そこには　きっと約束がある
私が私であることも
あなたがあなたであることも

大切だよと告げている
愛されているよと告げている
守られてるよと告げている

優しく強い約束がある

それぞれのつながりは
宇宙を作り　幸せを作る

わたしたちは
しあわせの森に生きているのだ

「私たちが水や光や空といったいろいろな方法でつながるように、モナはいのちでつながるの。いのちの魔女なのよ。石の魔女は永遠の命を欲しがってる。それには、モナの力が必要だと考えたのね。モナ、ガシューダのことを知っているでしょう？　エルガンダのすべてを動かし、守っている大きな力。でもね、その力がどこにあるかということは誰も知らない。私たちも知らないの。でも、あるということはエルガンダの住人はみんな知ってるのよ。知っているというか、毎日の暮らしの中で感じているの。普段はわからないけれど、その力がどんなにすごいかは、石の魔女も痛いほど感じているわ。どんなに爆弾を落としても、どんなに水を汚しても、いつか水は少しずつきれいになる。木々を枯れさせても、また芽吹こうとする。悲しみや苦しみでエルガンダの住人の心を支配しようとしても、悲しみや苦しみをかかえながらも、住人はなんとか前を向いて歩こうとするし、笑顔を見せようとする。ガシューダがすべてを守っているからよ。そこで石の魔女はこのエルガンダを動かしている大きな力、ガシューダを自分のものにしようとしたの。そして、すべての大元はいのちだと石の魔女は考えた。だから、石の魔女はいのちでつながるモナを自分の手の中に置きたがっているんだわ」

モナにはまだわかりませんでした。

「だって、だって、さっきの歌にもあったわ。すべてがつながり、すべてはすべてのためにある。そこには、きっと約束がある。私が私であることも。あなたがあなたであることも。大切だよと告げている。愛されているよと告げている。守られてるよと告げている……。そうよ、ガシューダはみんなの中にあるって、前にも教えてくださったでしょう。私ではなくて、花にも蝶にも鳥にもあって、知らず知らずにお互いを支えている。私じゃないわ」

　モナは苦しい気持ちを吐き出すように言いました。ちっぽけで、空も飛べなくて、泣き虫でなにもできないモナが、いのちをつかさどると言われても、そんなはずないのにと涙がこぼれました。

　水の魔女がモナの肩に手を置きました。

「そう、水もどこにでもあって、私は水でみんなとつながる。そして、私の役割を果たしているの。モナの言う通り。誰もが大切な役割を持っている。ね、モナ、それはわかるでしょう。みんな知らず知らずに役割を果たしているの。モナもそうよ。モナにもいつか感じられるわ」

第二十三章　計画

　計画はこんなふうでした。

「モナには申し訳ないのだけど、もう一度、仲間になると言って、石の魔女のところに行ってほしいの。モナは嘘をつくのが苦手だから、石の魔女の仲間になるなんて簡単には言えないと思う。でも、今はがんばりどきだからね。『紫の涙』のありかは、きっと指輪が教えてくれるはず。とっても危険な仕事だけど、モナしかいないの。そして、もうひとつ大切なことは、ナットを守って、無事出産してもらうこと。ナットの出産が迫っている。言い伝えによれば、特別の力は生まれたばかりの赤ん坊でなければならない。その瞬間を石の魔女はねらっているから」

　空の魔女が言いました。

「『紫の涙』を奪うことができたら、エルガンダの高い剣山の中にある洞窟湖に沈めようということになったの」

　洞窟湖、モナには懐かしい場所でした。前のエルガンダの旅は、その岩でできた剣山から始まりました。

その山は青白い光を帯びてそそり立っていて、山から吹き下ろしてくる風はとても激しいものでした。その断崖絶壁の山の中腹でモナは目を覚ましたのです。

遥か下には川が流れ、細く白い流れにキラキラ水が光っていたことをモナは覚えています。道といっても幅は十センチほどしかなく、足を踏み外せば命がないような場所でした。その頂上にわずかな平らな場所があり、そこに洞窟の入り口がありました。

空の魔女がモナの目をしっかり見て言いました。

「あの山は実は最初、石の魔女の愛した場所だったの。そこで、石の魔女はあそこをアジトにしようと考えたの。それをガシューダがアジトにさせないように守ったのだと思う。あんな場所に作られては、誰も手も足も出せなくなる。今はガシューダの聖域になっているの。石を隠すにはあそこしかないわ。聖域では、それぞれの移動手段は使えないわ。水の魔女だって、この水道からあの洞窟湖への移動はできない。剣山には、歩いて登るか、箒で飛ぶしかないけれど、風がひどく強くて、どちらもとても危険なの。いくら石の魔女だってなかなか近づけないはずよ」

「『紫の涙』を石の魔女から奪うことができたら、私たちはそれを持って、剣山の頂上へ行く。

そこへはドラゴンのグラン・ノーバに運んでもらうわ。そして、私たちは洞窟湖へ行きましょう。水の魔女とコイルがきっとなんとか『紫の涙』を湖底に沈めてくれるはずよ」

グラン・ノーバ。エルガンダで誰よりも強い生き物。そして、心優しいドラゴン。モナの心の中の大切な友だちの一人です。そして、グラン・ノーバとジータ・ノーバの間に生まれた子どものアル・ノーバは、モナの親友の一人でした。つまりグラン・ノーバはアルのお父さんでした。

第二十四章　前の冒険の種

「モナ、怖いのね、無理もないわ」

鏡の魔女が優しくモナの体を抱き寄せました。モナは震えが止まりませんでした。怖いわけではありませんでした。わかったことがあったのです。

アルに出会った冒険の旅はずっと前にあったことのはずでした。でも、時間はまた逆転をしていたのです。その冒険の種というか、始まりになっていたのが今だと、モナにははっきりとわかったからです。

アルは大切な大切な友だちです。

アルが小さい頃、お父さんのグランが出て行ったきり帰ってこなくなりました。お母さんに止められたけれど、アルはお父さんを探しに出発しました。お父さんが洞窟の中で石像になっているという噂を聞いたからです。

モナは最初にアルと出会ったときのことをはっきりと思い出しました。

「父さんはある日、帰ってこなかった。母さんはね、いつも泣いていたよ。母さんと僕はいつも一緒だった。母さんはいつも僕をそばに置きたがった。でも、僕は、父さんを探しに行きたかったんだ。母さんは、僕が小さいからダメだって言ったよ。ある日、父さんをどこかの洞窟で見たという噂を聞いたんだ。父さんは石像になっていたそうだ。でもそれはウソだ。ウソに決まってる。あの強い父さんが、石になんかなるものか。僕は父さんを見つけて助け出そうって思った。泣いてばかりいる母さんに何度も言ったけれど、母さんは、『坊やには無理よ』って言うばかりだった。それで僕は、母さんがちょっとよそ見をした間に出発した」

アルは母さんを思い出したのか、遠くを見るような目をしました。

「僕は、山を越えて、ついにこの洞窟を見つけたんだ。これが父さんのいる洞窟かどうかはわからなかった。でもそうかもしれない。そう思って中へ入ったんだ。けれど、迷子になってしまって……歩いても歩いても、洞窟の迷路は続いていて、そこから抜け出ることができなかった。のどが乾いて死にそうだったよ。僕はとうとう力尽きて、座り込んでしまったんだ」

モナはそのとき、アルのお話を聞きながら、自分もやっと洞窟湖に辿り着いたところだったのでドキドキしました。

「死にそうになった僕の目の前に現れたのは、魔女のおばあさんだった。おばあさんは僕をここへ連れてきて水を飲ませてくれたんだ。それで僕に話があるって言うんだ。ちょっとの間、湖の底に沈む剣をみはっていてほしいって。もうすぐ剣を取りに来る人が現れるから。そうしたら、その剣を渡してほしいって。取りに来てくれた人はあなたの友だちだから、母さんのところへ帰る道を教えてくれるわって魔女はそう言った。父さんの居場所を教えてって魔女のおばあさんに頼んだら、その人が知っているって言ったんだ。僕は、おいしい水をごちそうしてもらったし、帰り道もお友だちが教えてくれるなら、それくらいおやすいご用だって約束しちゃって。何より、父さんの居場所を教えてくれる人だって、魔女が言ったからね。でも、誰も来ない。二時間経っても三時間経っても、二日経っても、誰も来ない。そのままもう何十年も、何百年も時間が経っちゃったんだ」

アルの話を思い出して、モナは大変なことに気がつきました。

アルに会ったとき、アルはたったひとりで、恐ろしく寂しい思いをしながら、気の遠くなるほど長い間、洞窟湖ですごしていました。

そのときアルは知らなかったのです。ただおばあさんとの約束を守ろうとして、アルは誰かが来るのを待っていたけれど、知らず知らずのうちに、「紫の涙」を守る役割を担っていたのです。

そして、アルのお父さんが石像になったことも、たった今グランに魔女たちが頼もうとしていることと関係があるのかもしれません。

魔女たちは未来に起きることを果たして知っているのでしょうか？　モナは知らないと思いました。知っていたらそんなことを言うはずがなかったからです。

今、アルのお父さんに剣山まで魔女たちを運んでとお願いするのをやめたら、アルは洞窟湖でずっと一人で寂しい思いをしなくてすむのでしょうか。そして、お父さんのグラン・ノーバも石にならなくてすむのでしょうか？

「待って。グランにお願いしない方がいい気がする。危険だもの」

みんなはにっこり笑いました。

「モナ、だいじょうぶ。グランはエルガンダで誰よりも思慮深くて、誰よりも勇敢なのよ。そして強いの。だいじょうぶ。私たちを剣山の上へ運んでもらうだけだから。それにね。他には方法がないのよ、モナ」

空の魔女の言葉に水の魔女も鏡の魔女もうなずきました。モナには、他の方法を考えられるはずもないのでした。

第二十五章　ナットはどこへ

その他にもモナには心配事がありました。

「水色の扉へ消えたナットとコイルはどうしているでしょう。きっと今もねらわれているわ」

水の魔女が言った言葉にモナはとても驚きました。

「ナットは、今はエルガンダにはいないの。モナの森のそばの川へ連れて行ったのよ。あそこで出産するのが一番いいと思う。そしてコイルにはもうひと仕事してもらってから、ナットのところに向かってもらうわ」

「え!?　モナの森に?」

モナの森はモナがあちらの世界にいるときに、長く時間をすごしている場所です。森に囲まれ、近くにはきれいな水が流れる川があります。

「でも、エルガンダはみんながいて、コイルやナットを守ることができる。けれど、あちらの世界には誰もいないわ」

「あそこには、大きなイチョウの古木があるでしょう?　モナもよく出かけるあの大きな大きなイチョウの木よ。モナ、すべてのものがそうであるように、あのイチョウもこちらの世界とつながっているの。それにね。あのイチョウはコイルやナットの昔からの友だちなのよ」

それはモナの大好きな場所でした。

そのイチョウは、社《やしろ》の御神木になっていました。とても、不思議な形をしていて、ただ大きいだけでなく、太い幹から、乳房のようなものが、たくさん下がっていました。触ると、元気な赤ちゃんが生まれるとか、母乳が出るとか、子どもが丈夫に育つと言われ、近くに住む人たちの信仰の場所にもなっていました。

モナの森の近くには他にもイチョウがありました。でも、乳房のようなものは持ってはいませんでした。不思議だなと思って、モナは本で調べたことがありました。

イチョウの「乳」、英語でもChichiと呼ばれる。乳房に見立てた名前。イチョウの全てに「乳」の形が出るわけではない。むしろ稀である。乳が発達する古木は、古来から信仰の対象になることが多く、母乳がよく出るようにという願掛けなどに信仰を集めてきた。

ダーウィンは、イチョウを「生きた化石」と呼んだ。地球上で植物が繁茂したジュラ紀（約一億五千万年前）にすでにイチョウはあり、そのころの植物でイチョウのみが現存している。「乳」の正体は、まだ意見が分かれている。イチョウは古い時代の植物の特性を未だ残していて、場合に応じて先端が根に変じたり、枝葉に変じたりするのが特徴。バラやサクラなどの被子植物には、こういった器官はない。


「生物の一つの個体のすべての細胞はみんな同じ遺伝子を持ち、遺伝子のスイッチのＯＮ、ＯＦＦの違いによって、目は目になり、手は手になる」

中学生のときにＤＮＡのしくみについてならったことをモナはそのとき思い出しました。このイチョウも、おそらくは、ＯＮ、ＯＦＦによって、根になったり、枝や葉になる。ガシューダの魔法の力がここにもあるのだと思いました。

古生代から形を変えずに生き続けたシーラカンスと、時代は違っても、やはりジュラ紀から形を変えずにいるイチョウ。その両方が「生きた化石」と呼ばれていることや、今、出産しようとしているナットと、出産や育児の信仰の対象になっているあのイチョウが友だちだということが、不思議だけど、モナにはなにか納得できることでした。
「モナ、イチョウの隣に立っている社には、たく

さんの動物が彫られているでしょう？」

水の魔女の言葉に、モナははっとしました。

確かにそうでした。見事な木彫で、滝を登る鯉や象や龍が彫られていました。

「あっ、あの象は魔法の国で見た象と同じ」

「そう、モナの言うとおり。まだ象を見たことがない人たちが、鼻が長いとか耳が大きいと聞いて想像で描いたから、本当の象と違うと思われているけど、そうではないのよ。象や龍の木彫はエルガンダの動物たちの通り道なの。いざとなったら動き出し、必ずナットを守ってくれるわ。そう、あの龍はグラン・ノーバなの。あちらの世界の人々は自分たちだけで生きているように思ったりするけれど、いろいろな場所に、ガシューダが守っているという証があるのよ。モナ、モナの家にはよく神様トンボとかハグロトンボと言われる黒いトンボがやってくるでしょう。あのトンボも『生きた化石』と言われて、昔から形を変えていないの。本当はエルガンダの遣いの仕事をしているのよ」

モナの毎日の生活にもエルガンダの世界が入り組むようにあることが不思議でした。


鏡の魔女が言いました。

「モナ、ドラゴンは西洋にもアジアにもいるでしょう？　それはこちらの世界も、あちらの世界にも動物たちが行き来をして、人間や森や湖や海を守ってきたからなのよ」

　そして、空の魔女が言いました。

「モナ、忘れてはいけない。いのちでもみんながつながっているということは、いのちでつながる森の魔女のモナにとって、とても大切なことなの」

　モナは改めて、ガシューダの大きな力を思いました。そして、三人の魔女たちのように、自分もまた、エルガンダとあちらの世界をつなぐ役割ができるようになりたいとも思いました。

第二十六章　再び石の魔女のところへ

モナはこれまでは、自分の意思ではないのに、モナの森の薪ストーブからエルガンダに来たり、コイルにあって、石の魔女の城にも行ったりして、モナにとっては巻き込まれていくような思いがあったのです。でも、考えてみれば、最初にその日ハンモックに乗ろうと決めたのはモナ自身です。サラとセオに薬を飲むように勧められたときに、飲もうと決めたのもモナでした。断ることだってできたはずです。でも、モナは自分で決めて前へ進みました。

ガシューダはいつも私たちにどちらにするか決めさせてくれるんだわ。それを巻き込まれただなんて思った自分がなんだか恥ずかしいと思いました。今は、石の魔女の「紫の涙」を奪いにいくんだという決意のような思いがありました。

それでも、まだ、「奪う」ということにためらいがあって「リト、これって泥棒になる？」とこっそり聞いたりもしました。「しょうがないよ。でも、伝説の本には、勇者モナがエルガンダを救うって書いてあるんだし、勇者がすることは、きっと悪いことじゃないさ」

モナは、とにかく、自分のできることを一生懸命がんばるしかないと思うのでした。

「石の魔女の牢から来たトンネルを戻ればいいの？」モナが尋ねると、水の魔女が言いました。

「石の魔女の城にも水道の蛇口はあるわ。明日の朝、私が送る。今日はしっかり休んでほしいの」

「モナ、あなたのことを石の魔女はきっと歓迎するはず。何しろ、今モナは、本物の四つの石が入った指輪を持っている。でも、何度も言うけれど、私たちはいつも一緒。ガシューダも一緒にいるわ」


モナはとても疲れていました。エルガンダに来ていろいろなことがありました。思いもしないことが続いて、体だけでなくて、心も疲れていたのでしょう。

鏡の魔女が用意してくれたベッドであっという間に眠りにつきました。

真夜中、モナの耳元でかすかな呼び声がしました。

「モナ、起きて。僕だよ」

モナは心のどこかで、ホシノくんが来てくれるのを待っていたのかもしれません。すぐに目をあけて、小さな声で「ホシノくん」と言いました。

リトも疲れていたのでしょう。ぐっすり眠っていて目を覚ましませんでした。

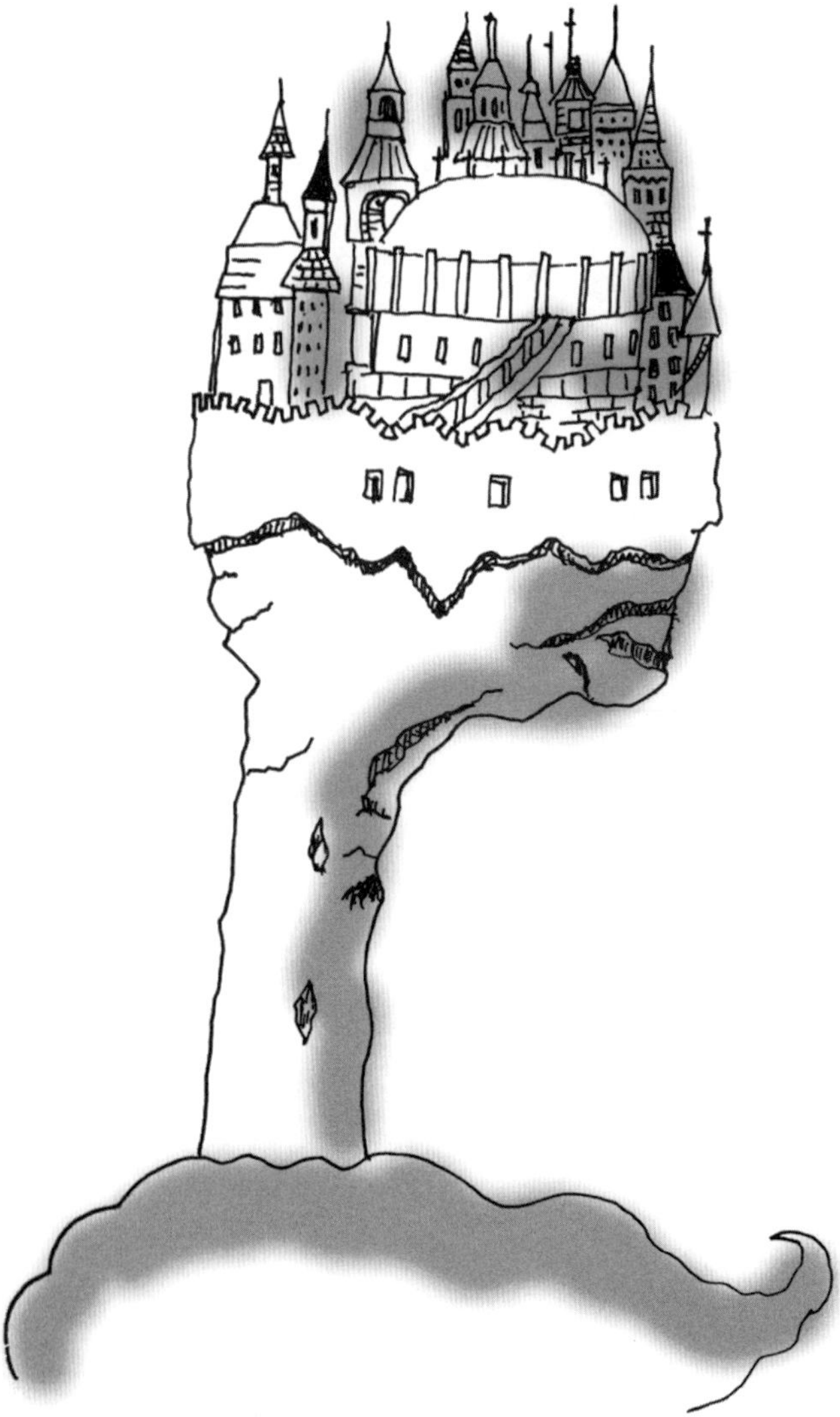

「僕はこちらの世界ではプラネットという名前だよ。いつも夜中ばかりですまない。石の魔女は僕のことを自分の子どものように思っているんだ。だから、どこにいるかいつも知りたがって、心配してくれる。本当は優しい人なんだ」

ホシノくんがどんなに石の魔女のことを思っているのか、モナには十分わかっていました。

「でも今は、すっかり変わってしまった。どんなに言っても、この世界を自分の思うがままにしたいという気持ちが消えない。『紫の涙』のせいなのかどうか僕にもわからないけれど、『紫の涙』を手にしたとたん、変わったのは間違いないんだ。僕はこれ以上、石の魔女に、人を傷つけたり殺したりしてほしくはない。昔の優しい石の魔女に戻ってほしいんだ。モナ、お願いだ。僕からのお願いだ。石の魔女から『紫の涙』を奪うなんて思わないでほしい。石の魔女のためにも『紫の涙』を誰の手にも届かない場所へ運んでほしいんだ。石の魔女の城に着いたら、僕はすぐに君のところへかけつける。そして石の魔女の元に連れていくよ。『紫の涙』は石の魔女のベッドの下の箱の中にある。なかなか持ち出せないけれど、たったひとつ石の魔女がゆあみをするときがチャンスだと思う」

「ゆあみ？」

「お風呂のことだよ」
「そのときだけ、石の魔女は部屋を離れる。だけど、僕もゆあみの部屋の外にいつもひかえていなければならない。ときどき石の魔女は僕の名前を呼ぶ。これまではガシューダがいつも守ってくれているという安心感があったのに、石の魔女はそれも失って、いつも不安でしかたがないんだ。だから僕をそばに置きたがる。他は誰も信じられないのさ。僕は魔法使いではないけれど、小さな魔法なら使える。ゆあみの部屋の外にある道具のどれかに、返事をしてくれるように魔法をかけるよ。少ししか時間を稼げないと思う。『紫の涙』と偽物を取り替えて、すぐにモナに渡すよ。石の魔女は『紫の涙』が偽物にすり替わったことには、すぐに気がつくだろう。それまでになんとか『紫の涙』を外へ持ち出してほしい」

モナはホシノくんでもあるプラネットの顔をみながら、しっかりとうなずきました。プラネットもモナの目をみつめ、優しくしっかりとうなずき、手をぎゅっと握ってくれました。気がついたら朝日が寝室に差し込んでいました。

「モナ、私たちはいつも一緒にいる。ガシューダもいるわ。忘れないで」

いったいこの言葉を何度聞いたことでしょう。それでも、モナには力強い言葉でした。魔女たちはまた、代わる代わるモナを抱きしめてくれました。

鏡の魔女の部屋の水道の蛇口の前に、水の魔女とモナ、そしてリトは立ちました。

「僕は絶対にモナから離れない。いちじくとも約束をしたし、なによりも僕がしたいことだから」

突然まぶしい光にモナたちは包まれました。気がつくとたくさんの色のトンネルの中にいて、色はしましまになり、どちらが上なのか下なのかもわからなくなりました。ただ足からひっぱられているということだけがわかって、しましまはまざりあい、一色になって、だんだんと意識が遠のいていきそうになりました。そのとき、水の魔女の声がしました。

「モナ、しっかりして」

そして、モナとリトだけが水道から放り出されました。

ホシノくん、こちらの世界のプラネットが待っていてくれました。

「さあ、急いで。誰にもみつからないうちに、石の魔女のところに行こう」

プラネットはささやくように言ったあと、急に顔つきを変えて、まるで違う人のように、厳しい顔になりました。


前に通されたお城の応接間の奥に、カーテンが幾重にもなって両側に垂らされている部屋がありました。

プラネットが石の魔女に声をかけました。

「石の魔女様、森の魔女モナ様がご到着されました。石の魔女様に御面会されたいそうです。きっと石の魔女様と共に、というご意志を固められたのでしょう」

石の魔女の声がしました。

「おーそうか、黒魔術の本に書かれてあったから、間違いないと思ったが心配したぞ。今度は本物のモナであろうな」

「間違いありません。本物の四つの石が入った指輪をしております」

石の魔女はじろりと指輪を見ました。

そして、少しからかうように言いました。

「それは誰かからのプレゼントなのか、いつもつけているな」

モナはドキリとしました。口ごもっていたら、プラネットが言いました。

「石の魔女様、モナ様もお年頃です。大切な方からのプレゼントでございましょう。そのようなことを尋ねるのはやぼというものです」

石の魔女は機嫌良く笑いました。

「そうだな。まだ若いなあ。まあいいだろう。そういうものが大切な時期がある」

石の魔女はそばにいた魚人に命じました。

「失礼のないように客間に案内を。念の為、外から鍵をかけておくのだ」

モナは震えました。鍵をかけられれば、プラネットから「紫の涙」を受け取って逃げ出すという計画はうまくいくのでしょうか?

心配になってプラネットを見つめても、プラネットはもうモナに視線を戻すことはありませんでした。

モナが通された部屋は石の魔女の部屋より、はるかに小さかったけれど、天井から幾重にもカーテンが吊るされたベッドが同じようにありました。

モナは怖くてしかたがなかったけれど、案内してくれた魚人も、きっと牢番の魚人と同じように悲しい思いをしてここにいるのだろうと思うと、そのことにも心が奪われるのでした。

「案内してくださって、ありがとうございます」

モナが優しく魚人を見つめてお礼を言うと、魚人が不思議そうに言いました。

「あなたはいばらないのですね」

「いばる？　そんなことしません。だって、みんな同じように苦しみや悲しみや喜びをかかえていて、一生懸命生きています。誰が偉いとか偉くないとかそんなことは決してないと思います。いばるなんておかしいわ」

魚人は不思議そうにモナを見つめて言いました。

「何か不都合なことがあったら、僕に命令してください」

「命令だなんて。何かをお願いするのはいいけど、私は命令なんてしちゃいけない気がするの。みんな同じ。平らかで大切なひとり、同じひとつのいのちを生きる仲間だもの」

「モナ様、あなた様は僕とも、平らかで、同じいのちを守る仲間だとおっしゃるのですか？」

うつむいた魚人は、ぽろりと涙をこぼしました。そして決心したように言いました。

「僕を大切に扱ってくれる人に出会ったのは初めてです。僕はお礼をしたいけれど、できることは、鍵をうっかりかけ忘れるくらいです」

魚人は鍵をテーブルに置きました。

「あなたが叱られるのじゃない？」

「わからない。僕は自分がわからなくなってる。鍵をかけ忘れたとわかったら、石の魔女様からどんな仕打ちを受けるかわからない。でも、そうしたいんだ。なぜかそうしたくてしかたがないんだ。そうしないと僕はずっと後悔する。後悔したくないから。だから……」

魚人は泣きながら部屋を出て行きました。


ニョロがモナのポケットから顔を出しました。

「リト、モナは魔法を使ってるの？　いつも誰かを泣かしちゃって、優しくさせちゃうだろう」

「僕ね、モナとずっと一緒だからわかるよ。これは魔法じゃないんだよ。モナはいつも、本当の自分を思い出させることができるんじゃないかな。本当はみんな優しいし、目の前の人が喜ぶことをしたいんだよ。モナに出会った人は必ず最後にはにっこり笑うんだ。平らかというのかな、そういう関係になってないと、こんなことはきっと起きないんだよ」

　プラネットはそのころ、ゆあみの用意をしていました。

「石の魔女様、ゆっくりゆあみをしてください。今日は体に良いお湯を取り寄せていますから」

　石の魔女はとても機嫌が良い様子でした。

「今日はモナも来てくれて、嬉しい日だ。モナはいったいどこに隠れていたのだ。ずいぶん手間がかかったが、向こうからやってくるとはうれしい。そうだ、モナをだまして、ナットとコイルの行き先も聞きださなくてはならないな。モナは赤ん坊を殺すことを嫌がるだろうが、何かと引き換えにすれば口を割るだろう」

「モナ様は仲間なのですから、だまして、というのはどうでしょうね。誠実な人には誠実な想いが返ってくる。不実には不実しか返ってきませんからね」

　プラネットは石の魔女をたしなめるように言いました。

「おまえは少しまっすぐすぎるのが気がかりだ。いずれ私と共に、エルガンダを支配するというのにのぉ」石の魔女がプラネットに優しい目を向けました。

石の魔女が湯に入るとすぐに、プラネットは控えの間の椅子に、小声で呪文をかけました。そして、そっと外へ出ました。ゆあみしている石の魔女から声がかかりました。

「プラネット、そこにおるか」

「はい、おります。石の魔女様」椅子がプラネットの声で返事をしました。

プラネットは大急ぎで石の魔女の寝室に戻り、「紫の涙」をベッドの下の箱から取り出し、そして偽物と取り替えました。

それからモナのいる客間へ急ぎました。

客間へ案内した魚人が部屋の前にいました。プラネットは魚人に「モナ様に食事を運びなさい」と言いました。魚人がいなくなるとすぐにモナがプラネットの声を聞いて、中から出てきました。

「鍵は?」

「魚人さんがかけずにいてくださったの」

モナがプラネットに鍵を渡しました。

魚人が食事を持ってきたら、そのときになんとか客間の中へ入ろうと思っていたプラネットでしたが、モナの話を聞いて、すべてを察しました。

「モナはいつも一番強い。優しいことは一番強いことだ」

「さあ、早く。石の魔女が、僕がいないと気づく前に」

「紫の涙」をしっかりと握りしめたモナはプラネットに続きました。そして、入ってきた水道の前に立つと、モナの指輪から光が出ました。そして、モナは水道へと吸い込まれて行きました。

「モナは道具を使うというより、道具がモナに使われたがっている。ガシューダの思いが、道具にものりうつっているかのようだ」プラネットはつぶやきました。

ゆあみへ戻る途中、食事を運んでいる魚人と出会ったので、「モナ様は休まれたいそうだ。それから食事もいらないそうだから、私がいただくよ。そこに置いておいて」と言いました。

そして、ゆあみの場所へ急ぎました。ちょうど石の魔女の声がしました。

「プラネットどうした。何か変じゃないか。同じ返事ばかり」

「だいじょうぶですよ。プラネットはここにおります。石の魔女様、湯加減はどうですか」

第二十七章　モナの森へ

三人の魔女の待つ鏡の魔女の家に、モナは無事につくことができました。

石の魔女のところに、偽物の「紫の涙」を置いてきて、石の魔女を悲しませてしまうことや、知り合いになった魚人が、モナを逃したことがわかって、叱られないかということ、そして、プラネットのことなど、モナには心配がいくつかありました。それでも、なすべきことができて、モナはやはりほっとしていました。

でもその間もなく、水の魔女が次の計画を話してくれました。

「モナが石の魔女の城へ『紫の涙』をとりにいっているあいだに、コイルが洞窟湖につながる水路を探してくれました。コイルはそこから入る。空の魔女と鏡の魔女と私は、グラン・ノーバに乗せてもらって、洞窟湖につながる剣山の上にのぼります。そこには、剣山の入り口を守る魔法使いと、黒魔術の本をつむぐ魔女ドーパが待っている」

「ドーパも？」

「そう、エルガンダの魔女や魔法使いのすべてが力を合わせなければ、今は乗り切れないわ」

モナは前の旅で、助けてもらった魔法使いやドーパも仲間になってくれるのだと聞いてうれしくなりました。

「剣山の洞窟は二人に案内してもらう。洞窟は入りくんでいて、あちこちに魔法がかけられていて誰のことも通さない。魔法使いの案内がなければ誰もたどり着けないわ。そのあと、コイルの力も借りて、『紫の涙』を湖の底に沈めるの。ドーパにはその間、守りを固めてもらうわ」

「私たちは何をしたらいいのですか？」

「モナはいったんモナの森に帰って、ナットの出産を見届けてほしいの。グランも私たちを剣山に届けたあと、行ってもらうから」

黒魔術の番人がひかえめに言いました。

「わしも行こう。わしはこれを取り戻したからのう。力になれるじゃろう」

番人は黒魔術の本を手にしていました。騒動の中で黒魔術の本をしっかりと取り戻したのでした。黒魔術の本についた顔が「イヒヒ」と笑いました。

簡単にモナの森へ帰ってと言われても、モナには方法がわかりませんでした。これまでは、水の魔女の力や鏡の魔女の力を借りて移動してきました。

戸惑っているモナを見て、鏡の魔女が言いました。

「モナ、モナの森を心に描いて。細かなところまで思い出すの。モナ、知らないところは思い描けない。だから、心は知らないところに行くのは簡単ではないわ。でもね、一度出かけたところには、心は出かけられるでしょう？　モナの森はあなたの居場所だもの。簡単に心に描けるはず。私は鏡でつながるけれど、モナはいのちでつながるの。そして気持ちでつながるのよ。家にも気持ちがあり、いのちがあるの。さあ、思い出して、深く深く細かなところまで」

リトはモナのスカートをつかみ、番人はモナの肩に手を置きました。ニョロもポケットにしっかりと入っています。

モナは目を閉じました。

モナの森の家につながる道には最初、ミモザの木があります。石には苔が生えていて、クリスマスローズが季節になると咲きます。

大きな樫の木があって、ちょっと見あげると友だちが鉄の板を切ってつくってくれたモナの森の看板があります。

ずっと進んでいくと、ウッドデッキがあり、白いブランコが揺れていて、よくリスや小鳥が遊びにくるのです。緑のドアがあって、そのドアをあけると、ムーミンが灯りをもっている人形が置いてありました。

モナの森のことを思い出すと、心が落ち着いていくのがわかりました。そのうちに、家がモナが帰ってきたことを喜んでいると感じました。

「家が喜んでいる」と思ったときに、モナはもう自分がモナの森に確かにいると感じ始めていました。空気、森のにおい、小鳥のさえずり、床の感触、何もかもが現実だと思いました。モナとリト、ニョロ、そして黒魔術の本の番人はモナの森に移動していました。

遠くで鏡の魔女の声がしました。「モナ、大成功ね。自分の力で移動できた。おめでとう」その声はしだいに小さくなって消えていきました。

モナはいそいで大イチョウがある社《やしろ》へ向かいました。ナットはどうしているでしょう。不安の中一人ですごしているのではないでしょうか？

第二十八章　石の魔女の怒り

「プラネットー」

　叫ぶような石の魔女の声が響きました。

「プラネット。これをみろ。なんということだ。わらわの『紫の涙』がすり替わっておる。これは『紫の涙』ではない。偽物だ。いったいいつから。おのれ。モナを呼べ」

　石の魔女は青筋を立てて怒っていました。体がガタガタと震え、目がつりあがり、それはプラネットも見たことがないような怒りでした。

「かしこまりました」

　プラネットが応え、部屋を出ました。そして、モナを接待した魚人を連れて戻りました。

「石の魔女様。モナ様の姿が見えません」

「何、モナが消えたと？」

「私が、このものに、先ほどモナ様のために食事の用意をするように命じました。私が客間に行くと、ちょうどこのものが、食事を持って戻ってきたところだったので、私が部屋の鍵を開けたら、モナ様の姿はどこにもありませんでした。それにしても、鍵を開けないまま移動するとは、モナ様はどのような手をつかわれたのでしょう」

魚人は恐ろしさのあまり声も出せない様子でした。

プラネットが魚人に「おまえは関係ないから下がりなさい」と言いました。

「待て。私も客間へ行く。モナの髪の毛が落ちていないか探すのだ」

プラネットは口の中で小さく舌打ちをしました。石の魔女は水晶を使うことができました。髪の毛や爪など、体の一部があれば、今、持ち主がどこに行って、何をしているかを水晶で見ることができるのです。

石の魔女が見つけたのはリトの細い毛でした。石の魔女はにやりと笑いました。

「おのれモナめ。わらわを裏切りおったな。わらわから逃げられるものか」

「リトとモナは離れない。したがって、モナの行方がわかるはずだ」

石の魔女がリトの毛を火にくべました。その灰を大きな水晶にふりかけて、口の中で何やら呪文をとなえると、はたしてそこに、モナとリトが映し出されていました。

モナとリトはモナの森の大イチョウの近くの川にいました。そこには石の橋がかかり、両側から大きな石の滑り台のような緩やかな滝が流れ込んでいました。片側の滝の下には天然の丸いプールがあり、そこにナットがいました。ナットのお腹はさらに大きくなっていて、いよいよ出産が近いことがわかりました。

ナットのそばには、すでに魔女たちを剣山に送ったあと、駆けつけたドラゴンのグラン・ノーバがいました。前に石の魔女の手下だった魚もいました。魔法の国から来た象も、神様トンボも飛んでいました。モナは腰まで水につかり、ナットのそばにいるのが見えました。

石の魔女の怒りはさらに大きくなりました。歯をギリギリさせ、顔を真っ赤にしてうなるように言いました。

「おのれ、ナットまで隠しおって。モナはわらわの大切なものをすべて奪った。許さぬ。まずナットを取り戻す。時間がない！　モナはそのあとじゃ」

それはあっという間の出来事でした。怒りで魔法の力が強くなっていた石の魔女は、水晶に手を差し込みました。

モナの目の前で、滝の後ろの大きな岩から、その岩と同じくらいの大きな黒い手が現れて、ナットをつかみ、連れ去りました。

どんなにグラン・ノーバが強くても、モナがすぐそばにいても、たくさんの見守る力があっても、思いもよらないことが起きて、ただ茫然とするばかりでした。

「モナ、みんな、我が背中に早く乗りなさい。すぐにエルガンダへ戻る」グランがみんなをうながしました。

黒魔術の番人が少しあわてて言いました。

「待て！　待つのだ。黒魔術の本が話したがっておる」

黒魔術の本が体を震わせたのです。

本が目を見開き、口を開きました。口の中の赤い舌が動いたのが見えました。

「大きなドラゴンが、石の魔女の魔法によって、石の像となる」

それはグランに対して言った言葉でした。

第二十九章　グランの決意

グランは大きく息を吸ってゆっくりと吐き出しました。モナは前の旅で、石の魔女の石牢に入れられたときに、見下ろした窓から見たグランの姿を思い出しました。

窓の外に広がるのは、思いもかけないくらい広く、天にも届くほどの高い天井の大きな大きな洞窟でした。洞窟の入り口には、目をみはるほど大きな大きなドラゴンの石像が立っていました。それは見事な姿をした大きなドラゴンです。目は怒りに燃え、すべてのうろこが逆立ち、たてがみが炎のように燃えたっていました。誰かを襲う寸前に石にされたのに違いありません。足の指はこれ以上開けないほど開き、するどい足の爪をのばして、何かをつかもうとしていました。

モナはグランの前に手を広げて立ちました。

「ダメ、グラン、行ってはだめ。行かないで！　グラン。私見たの。グランが石像になっている姿。あなたは行っちゃダメ。お願いだから。お願いだから行かないで」

モナは叫ぶように言いました。

そしてモナは心をしっかり決めたように言いました。

「私が行くわ。私がきっとナットを助ける」

グランは優しくひざまずき、モナの目を見て言いました。

「モナ、案ずるな。私は必ずや大きな仕事をして、石になったはずだ。それが必要なら私は出かけよう。それが定めなら、私は私の果たすべき仕事をする。いいかいモナ。よく聞くんだ。この世界はガシューダがいつも必ず一番いいように導いてくれる。それには犠牲はつきものだ。なぜならみんなでひとつのいのちを生きているからだ。私たちはみんなたくさんの生き物の命をいただいて、生きている。そうでないと成り立たない。でも、食べられた命も、生きている命も同じ大きないのちにつながっている。犠牲となったものは、不幸とは思っていない。むしろ大きないのちのひとつでいられることこそ喜びなのだよ。犠牲もしあわせなのだ」

モナの目から大つぶの涙がぽろぽろこぼれました。我慢ができなくて、声を出してモナは泣きました。モナはどうしていいかわからなかったのです。

　グランの鼻先を抱きしめているモナにグランは優しく静かに言いました。

「モナ、頼みがある。私はエルガンダをずっと守ってきた。ガシューダは誰にも命令しない。ただ、私が望んで、そうしたくて守ってきた。私が石になれば、誰がエルガンダを守るのだろう。モナ、私にはアルという子どもがいる。アルはまだ小さい。あまりに小さい。けれども、それでも我が息子だ。大きな仕事をしてくれると思う。見守ってやってほしい」

　そして、グランはそっと背中にみんなを乗せ、大イチョウの近くの社へ飛んでいきました。

そして見事な木彫の龍と一体となりました。

第三十章　定め

「紫の涙」を持った三人の魔女は、グラン・ノーバに剣山の頂上へ送ってもらったあと、計画通り剣山の入り口を守る魔法使いと、黒魔術の本をつむぐ魔女ドーパに会いました。二人に案内してもらって、細く長く入り組んだ洞窟を越えて、洞窟湖にたどりつきました。

洞窟湖には約束どおりコイルが待っていました。水の魔女は、白く美しい貝殻でできた箱に「紫の涙」をおさめました。そして、その箱はドーパが用意した石の台座におさめられました。

鏡の魔女はこの世のものとは思えないほどの輝きを持った美しい剣を取り出しました。その剣を美しい宝箱に入れました。そして呪文を唱えました。

「いつかこの剣を使うべきものがあらわれる。そのときまで、箱は開かず、剣も働かない」

箱が輝きを増し、それは魔法がしっかりかけられたことを意味しました。


水の魔女がコイルに頼みました。

「コイル、湖の底に穴を掘って、石の台を埋めて隠してほしいのです。そして、その上にこの剣の箱を置いてください。ナットのことが気に掛かっているでしょう。来てくれてありがとう」

コイルは言われた通り、湖の底に、しっかりと「紫の涙」がおさめられた石の台を埋め、剣の宝箱を置きました。


ドーパはいつもドーパの塔でそうしているように、空気中からキラキラしたものを紡ぎ出しました。ドーパは悲しげに言いました。

「すまないコイル。ナットは石の魔女にさらわれた。グランとモナたちが後を追っている」

そして、魔女たちに言いました。

「我々はここでなすべきことがある。『紫の涙』が石の魔女の手に渡らないように、それぞれが、ここに魔法をかけてほしい」

剣山の番人の魔法使いは、洞窟に住む蜘蛛に魔法をかけました。蜘蛛は人間ほどの体になり、足には包丁のようなするどい刃がついたハサミがついていました。恐ろしい顔をしたそのものに剣山の魔法使いは言いました。

「決して洞窟湖へ誰も近づけるな。ここにやがてやってくる小さなドラゴン以外は通してはならない」

蜘蛛の化け物はギギィと鳴き声をあげ、シャワシャワと音を立てながら、洞窟湖につながる洞窟へ入って行きました。

鏡の魔女は洞窟の床に、次にやってきたものが、怖くて逃げ出すように、蜘蛛の怪物に食われたものがいれば、それが絵となって映されるという魔法をかけました。

ドーパがしゃがれた声で言いました。

「ここは、グラン・ノーバの息子アル・ノーバに守ってもらうこととする。まだ小さいが、それがグランの望みじゃから。それまでは私がここにいて、『紫の涙』を守ろう。しかしこのことは、まだ誰にも言わないように。特に母親のジータには」

魔女たち三人は、再び、剣山の魔法使いの案内で水晶の洞窟を通って剣山の頂上へ出ました。

そこには、ジータ・ノーバが待っていてくれました。ジータはアルの母親でグランの愛する妻でもありました。そしてドーパの大親友でもありました。

いざというときには必ずかけつけてくれるというドーパの言葉通り、鏡の魔女の城の近くへと連れて行ってくれました。

モナはそのとき偶然にも、グランの背中で、ジータ・ノーバのことを考えていました。

ジータは何も知らないのです。グランが石になることも、アルが何か大きな仕事をするということも。そして悲しみの中、暮らさなくてはならないことも。

グランは、大きなひとつのいのちを生きるとき犠牲はつきもの、そして犠牲もしあわせだと言いました。モナは前の旅で出会った優しいジータを思い出して、（わからない。そんなこと、私にはやっぱりわからない）と思うのでした。

グランの首につかまりながら、モナはグランに尋ねました。

「グラン、エルガンダにきて、時間は過去、現在、未来とあちらこちらに飛んでいることがわかったの。ドーパのように、ガシューダの預言を紡ぎ出す人もいて、自分がこれからどうなるかわかっていたら、頑張っても仕方がないんじゃないの？　だって結果が決まっているのだもの。グランも石になるって決まっているのに、怖くないの？」

「モナ、怖いさ。みてごらん、僕の額を」

モナはグランの額を見て驚きました。汗が血の色をしていたのです。

「怖くてたまらない。そんなときは血の汗が滲む。昔、あちらの世界で、聖書という本を読んだとき、イエスが磔になると知って、血の汗を流したと書かれてあったが、イエスのその話は本当なのだと今、自分の血の汗を見てわかった。モナ、イエスも受け入れたんだよ。僕は今、イエスの気持ちがわかる。イエスもおそらくは、ガシューダが、すべてのしあわせのために、自分をお遣わしになるのだと知っているから受け入れたのだ。ガシューダの御心のままにとそう思ったのだろう。ならば私もガシューダの遣いとして、御心のままに受け入れよう」

グランの額から血の汗が一筋流れました。

「それからモナ、時間はあちこちに飛ぶわけじゃない。ガシューダの設計図は、一瞬だけを決めているわけじゃないのだ。モナを作る最初の受精卵の段階で、大人になればどんなふうになっていくか、どんな性格で、どんな人と出会い、どんな病気になりやすいか…みんな決められているのと同じだ。時間のこともそうだ。これ以上ない緻密な設計図というか約束でできている。けれど、確かなことは、我々がガシューダを信じるように、いやそれ以上に、我々ひとりひとりをガシューダが信じてくださっているということだ。ありがたいことに、ガシューダは我々が全力でことをなすと信じてくださっている。だからモナ、そのときそのときになすべきことを我々は全力でやりぬくのだ。それは自分のためでもあり、愛するもののためでもあり、すべてのいのちのためでもある。モナ、忘れないでほしい」

血の汗を流しながら、モナに懸命に教えてくれるグランの心が、モナに届かないはずはありませんでした。

グランは続けて言いました。

「ナットの子どものオイルで不死になるという伝説が本当かどうかは問題ではない。おそらくは魔女たちもそのことが大切だとは思ってはいないだろう」

モナは驚きました。ならばなぜ、みんなこんなに一生懸命に？　もちろんナットのことは大切だけど、石になってまで守る必要があるのでしょうか？

「いのちの長さを決めるのは、ガシューダだ。誰も決められない。もしかしたら、ナットの子どものオイルで不死になるということがあるのかもしれない。それもガシューダの思いなら。でも、不死の秘薬になれば狙われることになる。今のようにだ。ガシューダが愛するものへの褒美として、わざわざ危険にさらさせるとは思わない。ただ、私は、ナットの子どもを助けたい。助けなくてはならないと感じる。湧き上がるような思いだ」

　グランは重々しく言いました。

「モナ、それは、ナットの子どもだけを守るようで、決してそうではないのだ。エルガンダ全体のいのちを守ることになる。湧き上がる思いによってのみ、私は動く。おそらくはモナもそうだと思う。世界はそうやって成り立っている。誰かのためではなく、自分の湧き上がる思いで動いていくのだよ」

　雲の上に突き出た岩の砦のようなお城が見えてきました。高いところに窓がついていました。中を覗くと、まさに、グランが石の像にされていたあの場所でした。

　天井の上の方に、ぐるりとちょうどモナが歩けるような道がありました。グランはモナを中へいれました。

石の魔女は、たらいのような入れ物にナットを入れ、すぐそばで、怒鳴り声をあげていました。

「早く産まぬか。ああ、待てぬ。このものの腹を引き割いて、赤ん坊を取り出してはいかんのか」

ナットは生まれれば赤ん坊が殺されるとわかっているので、すでに陣痛がきていましたが、産まないように頑張っていました。

プラネットがいさめるように言いました。

「石の魔女様、そのようなことをしたら、すべてがぶち壊しになりますよ。いずれ子を産みます。お腹に入った子は、産まずにいられるはずがないのですから」

天井近くの窓にいたグランがモナにささやきました。

「まず、ナットから石の魔女を離さなければならない。私が石の魔女を襲う。そのときしかチャンスを作ることはできない。いいかモナ。私は精一杯の力で時間を作る。石の魔女は私との闘いに夢中になって、ナットのそばを離れるはずだ。そのあいだに、必ずやナットを救い出すのだ。モナ忘れるな。私はたとえ石になっても、心は石にはならぬ。愛するジータやアル、モナ、そしてエルガンダを石になっても思い続けている。モナ、頼むぞ」

グランはモナに、グランがいる場所のちょうど反対側まで行くように言いました。そこには下までハシゴがついていました。

モナがハシゴの場所にたどり着いたのを確認したグランは、窓を破って中へ入りました。

「石の魔女。ガシューダを恐れぬ、ふとどきものめ！」

グランは、誰よりも強いので、本来なら、石の魔女など簡単に捕まえてやっつけることもできました。けれど、モナのために、時間を稼ぐ必要がありました。

石の魔女はそばにおいてある杖をグランめがけて振りました。

グランはひらりとそれをかわしました。杖から出る閃光が当たると、全てのものが石になりました。何度も閃光が飛び、そのたびにグランは閃光をかわし続けました。グランが石の魔女のすぐ近くを低く飛びました。石の魔女は立ち上がって、ナットのそばを離れました。

「今だわ」

すでにハシゴを降りていたモナは急いでナットに駆け寄り、ナットを抱きかかえました。

プラネットが駆け寄り、モナの耳元でささやきました。

「銀色の扉は一番右の廊下を選んですすめ！」

モナが右の廊下へ消えたまさにそのとき、グランが石の魔女に襲いかかろうとしていました。大きな目を見開き、鉤爪が今にも石の魔女ののど元をかききろうとしていました。

「やめろー。殺さないでくれー」プラネットの悲鳴にも似た言葉が響き渡りました。

プラネットは、石の魔女が落とした杖をとって、グランに投げつけました。杖からは閃光が出て、石に跳ね返り、それが、なんということでしょう。グランに命中してしまったのです。グランは、ついに生きたままの形で石になってしまいました。

プラネットにとってもそれは思わぬできごとでした。ガクッとひざを折り、手を床につけているのが、走り去るモナにも見えました。

第三十一章　愛するもののために

銀の道を急ぐと、中でミラーが待っていてくれました。ミラーは水の中でしか生きられないナットのために、大きなバケツを用意していました。

モナは懐かしいミラーの手をとり、涙をはらはらと流しました。

「グランが、グランが」

ミラーはすべてをわかっているようでした。

「モナ、いつだってだいじょうぶ。グランも望んだ道だよ。僕たちも精一杯がんばろう。モナ、グランは逃げなかった。何から逃げなかったか、モナにはわかるかい？」

ミラーはモナに何を尋ねているのでしょう。

「たとえ石になっても、石の魔女と争うと決めたということ？」

「そうだね。そうも言える。けれど、大事なことがあるよ。モナ」

ミラーの手から、ミラーのあふれる思いが流れてきました。

「誰もが決して逃げられないものがある。それは、『自分が自分であるということ』そこからは、決して逃げられない。本当は誰も逃げられないんだ。モナもモナであることから逃げられない。グランは潔く受け止め、決して逃げようとしなかった。ガシューダと深く結びついているからだよ。グランは立派だったね」

鏡の魔女の部屋にいた水の魔女がナットを受け取りました。鏡の魔女の部屋にはコイルが待っていました。ナットはコイルと水の魔女が見守る中で、静かにお産をすることができました。赤ん坊はすぐに泳ぎ出し、ナットもコイルもとてもうれしそうでした。

モナはそれでも考え続けていました。グランが石像になってしまったことは、モナに大きな関係があったとわかったからです。

「愛するものを守るためなら、犠牲もいとわない。みんなでひとつのいのちを生きている。自分が自分であることからは決して逃げられない」

モナはわかったようだけど、でも、やっぱり理解できないとも思うのでした。

「『紫の涙』は石の魔女に取り戻されることはないの？」

鏡の魔女が答えました。

「今、グランが洞窟の中で石像になっていることを、多くの人に知らせました。いずれジータとアルの耳にも入るでしょう。二人には悲しい思いをさせてしまうけれど、いずれ必ず来るしあわせのためです。アルは噂を聞いて、必ず父グランを探しに出るはず。そのとき、空の魔女と水の魔女が、アルを洞窟湖へ導いてくれます。アルには、ドーパが話してくれることになっています」

最初にアルに会ったときのことをまたモナは思い出していました。


「歩いても歩いても、洞窟の迷路は続いていていて、そこから抜け出ることができなかった。のどが乾いて死にそうだったよ。僕はとうとう力尽きて、座り込んでしまったんだ。死にそうになった僕の目の前に現れたのは、魔女のおばあさんだった。おばあさんは僕をここへ連れてきて水を飲ませてくれたんだ。それで僕に話があるって言うんだ。ちょっとの間、湖の底に沈む剣をみはっていてほしいって。もうすぐ剣を取りに来る人が現れるから。そうしたら、その剣を渡してほしいって。取りに来てくれた人はあなたの友だちだから、母さんのところへ帰る道を教えてくれるわって魔女はそう言った……でも、誰も来ない。二時間経っても三時間経っても、二日経っても、誰も来なかった」

アルは自分で洞窟湖を見つけたように思っている。でも、導かれていたのです。そしてドーパに助けられて、知らず知らずのうちに、長い間、寂しい思いをしながら「紫の涙」を守ることになったのです。

それはグランの望んでいたこととは言え、あまりに残酷なことでした。

鏡の魔女が微笑みました。

「だいじょうぶよ。伝説の魔女モナが必ず助けに来るわ」

第三十二章　美しいエルガンダ

一方、石の魔女は「紫の涙」を奪われ、ナットの赤ちゃんのオイルを飲むこともできませんでした。そして、残念なことに、石の魔女が元の優しい魔女に戻ることはありませんでした。

「プラネット、『紫の涙』は洞窟湖にあるということはわかっておる。グランが魔女たちを乗せて向かったのを見たものがいるのじゃ。『紫の涙』を取り戻すのじゃ。あれはわらわのものじゃ。ええい、いまいましい盗っとどもが」

「石の魔女様、それは難しいことです。剣山から入って洞窟湖にたどりつけたものはおりません。また、生きて戻ったものもおりません。あそこへはなぜか、魔法を使ってたどり着くことが誰もできないのです。おそらくはガシューダが、守りの場所として用意したためでございましょう」

「あの水晶の洞窟も、もともとはわらわのものだった。どこまでわらわを苦しめる」

石の魔女は諦めず、何度も魚人や部下を洞窟湖へ送り込みましたが、洞窟湖へ辿り着いたものはいませんでした。一人は近くまで行くことができたけれど、恐ろしい化け物によって、食われてしまったのです。

「紫の涙」が石の魔女のそばから離れたからでしょうか？　あるいはガシューダの大きな力でしょうか？　爆弾によって焼け野原になった場所に緑が戻ってきました。そして花が咲き、再び蝶が舞うようになりました。

美しいエルガンダが戻ってきたのです。

モナはみんなと別れるのは寂しかったけれど、水の魔女のひとことで、帰ることを決意しました。

「一度帰らなければ、モナがグランやアルを助けることはできないのよ」

水の魔女が、「しばらくはだいじょうぶ。ゆっくりしてきてね。また冒険が始まるから」と言いました。モナの旅は終わらずに、続いていくようでした。

モナはポケットからニョロを出して、そっと下におろしました。

「僕、ついていっちゃいけない？」でも、モナは首を振りました。

「離れていても、いつも友だち。つながっていられるから」

モナは本当はアルに会って、「つらいことがいっぱいあるけど、でも、必ずだいじょうぶになる。みんなで助けにくるからね」って言いたかったなあと思いました。でもそれは、きっとしてはいけないことだとも思いました。

そしてもうひとつ、モナはプラネットのことが気がかりでなりませんでした。石の魔女を守るためとはいえ、投げつけた杖から閃光が出て、グランが石像になったのを見て、プラネットはとてもショックを受けているに違いないのです。そして、石の魔女も元の優しい魔女に戻れなかったことにも、プラネットは絶望していると思いました。

モナは小さなため息をつきました。そして、静かに目を閉じました。モナの森を思い描きました。なつかしい鳥の声が聞こえてきました。大イチョウが黄金色に輝き出しています。モナは懐かしいモナの森に再び戻ってきました。

そのとき、モナは自分の手が何かを握っていることに気がつきました。

それは、白いすべすべとした石ころでした。石を見つめるとその石には不思議な模様がぎっしりと描かれていました。それはまるで、異国の文字のようにも見えました。

その文字がゆらめいて、浮かび上がって、大きくなり、モナにわかる言葉になりました。

「石の魔女が元に戻るまで僕はあきらめない」

「グランは蘇る」

モナがこの二つの言葉を読むと、言葉はまた石に貼り付き、今度はただの模様になりました。

満月音楽会
別冊・魔女モナの物語

これは、魔女モナの物語とは、別の設定で書いています。
空を飛んでみたり、森にずっと住んでいたりもします。

満月音楽会

「あ、やってるやってる……」

銀ギツネのトーシーが銀色のしっぽを光らせながらうれしそうに空中で二回まわりました。森の奥に住む妖精のアナーザが弾いているヴァイオリンの音が聞こえてきたのです。

「ウキウキするね」

あなぐまのシュウモが言うと、

「でも僕たちはまだ何の楽器も練習してないよ。どうするんだい？」

スナーコ博士が心配そうに尋ねました。

尋ねたスナーコ博士には返事もせずに、シュウモは夢見るようにまたヴァイオリンの音を聞いていました。

「僕、アナーザのところへ行ってこよう……モナをさそって……」

小さい魔女のモナは犬のいちじくと一緒に、森の奥に住んでいました。銀ギツネのトーシーが着いたとき、いちじくとモナは二人で切り株の上に座っていました。

「モナ、モナは今度の音楽会で何をするつもり？」

見上げたモナの様子がなんだか変でした。モナの身体はそこに確かにあったけれど、トーシーにはそこにモナが感じられなかったのです。

「モナ？　モナ？　どうしちゃったの？」

モナはうつろにただ前をぼんやりと見つめているだけでした。そしてそのうつろな目には涙がたまっていました。涙はさらにじんわりと奥の方からにじんできて、目が涙でいっぱいになると、ゆっくりと一筋の流れとなって、ほおを伝っていきました。

「いちじく。モナはいったいどうしちゃったんだ？」

トーシーがあわててモナの洋服を口にくわえてひっぱると、モナの身体はゆっくりとトーシーの方へ倒れていきました。いちじくのこれ以上ないといった悲しい声がワォーンとあたりに響き渡りました。

モナが倒れたという知らせは森中にひろがりました。モナはあれ以来、ずっと眠っていました。ただ、ときどき目から涙を流すだけでした。

森の住人が、かわるがわるモナに会いにきて、心配そうにモナの顔を見つめては、大きなため息をついて、また帰っていくのでした。

「かぼちゃのスープを作ってきたんだけど」

コックのマーがやってきました。ずっとそばにいたトーシーが悲しそうに頭を振りました。

「何も食べない…ずっと何も食べていないんだ」

「本当にモナはいったいどうしてこんなことになってしまったのだろう。お医者さんに診せたのかい？」

「ああ、町のお医者さんにも来てもらったけど、わからないんだ。ただ、涙の理由がわかれば、モナの病気もわかるかもしれないとお医者さんは言っていた」

トーシーはうつむきました。

「モナの病気はぼくのせいだ。モナが倒れた前の日にぼく、川で鮭をつかまえたんだ。たくさんとったよと自慢したら、モナが『食べる分だけにしておいてね』って悲しそうな顔をしたんだ」

トーシーは銀色に光る毛の上に、涙のつぶを落としました。

「いや、それだったら、僕のせいだよ」マーが言いました。

「『また旅に出るよ』とモナに言ったら、モナが『音楽会には帰って来る？』と言った。けど『金のりんごで世界一のアップルパイを作りたいから、金のりんごのなる木がみつかるまでは帰らない』と言ったら、モナが『マーのつくるアップルパイはいつもとてもおいしいから、そんなところへ行かないで』って悲しそうだった」

いつのまにか、モナの部屋にお見舞いにきていたあなぐまのシュウモとスナーコ博士も口々に自分たちのせいかもしれないと言いました。

あなぐまのシュウモは、

「僕たちが『音楽会を聞くのは楽しみだけど、出るのは嫌だな、僕たちなんて下手だもの』とモナに言ったら、モナが『じゃあ、一緒に太鼓を叩きましょう』って言ってくれて、それなのに僕は『太鼓なんてできない。笛？　できないよ。鈴だってできない。演奏はにがてだもの』って言ったんだ。そしたら、モナが黙ってしまったんだ。きっとモナを悲しませちゃったんだと思う」

またいちじくがクーンと悲しそうに鳴き、部屋にいるみんなが深いため息をつきました。

「このままだとモナが死んでしまうよ。何も食べてないんだ。いったいどうしたらいいんだろう」

マーの声にみんなもただうなずくだけでした。

そのとき、あいた窓から風に乗ってアナーザのヴァイオリンの音が聞こえてきました。するとモナのくちびるが少し動き、ウーンという声が聞こえました。

「モナの声だ」

「モナは音楽を聞きたいんだ」

「そうだよ。音楽会！　音楽会が開かれたらモナの病気はなおるかもしれない」

「何もしないでただ心配しているより、音楽の練習をしよう」

みんなは口々に言いました。

銀ギツネのトーシーは海で拾った貝で作った笛を担当しました。コックのマーは外国で手にいれた雲の形のギターをならすことにしました。あなぐまのシュウモは森の木で作った木琴をたたこうと決めました。そしてスナーコ博士は風の音がするハモニカを吹くことにしました。他の森のものたちもみんな、何かしら楽器を受け持ちました。

音楽会までは、もうたった二日間だったけれど、みんな一生懸命練習しました。

満月の夜がやってきて、音楽会が始まります。モナのベッドは音楽会が開かれる小高い丘の真ん中に置かれました。モナの青白い顔が、月の光に照らされていっそう青く見えました。

アナーザがくぬぎの木で作ったマイクの前であいさつを始めました。

「今年も一年で一番美しい月の夜に音楽会が始まりました。いつもはコンクールをしていますが、今年は我々の仲間のモナのためにみんなで心をひとつにして、曲の合奏をしようと思います」

森じゅうのものたちが一同に、心をこめて拍手をしました。もしここでモナが起き上がらなかったら、モナの命は消えてしまうかもしれません。

アナーザは心の芯まで届くような美しい音色でヴァイオリンを弾き始めました。「こんなに染み入る音だもの、モナは聞いているよね」シュウモの声にマーが「そう信じて僕たちも演奏しよう」と低くささやくような声で言いました。

さあ合奏です。アナーザのヴァイオリンにあわせてトーシーが笛をかなでました。トーシーの笛は海の波を思わせました。マーがギターを弾きました。まるで空の雲が走っているようでした。シュウモが木琴をたたくと森の木々が一緒に歌を歌いだしたようでした。

そしてスナーコ博士がハモニカを吹き、他のみんなもいっせいに楽器をならしだしたとき、そこにいた全員の体が不思議な感覚におそわれました。大きくなって夜空いっぱい広がるような、あるいは、小さくなって、森の一部になるような……くるくる宇宙を回っているような……気がつくと、みんなは湖のふちに立っていました。いちじくがワンワンほえるので、その先を見たマーが気がつきました。


「あ、モナだ！」

モナの体が湖の中に沈んでいこうとしているのです。

「モナ、待って！」

トーシーといちじくがモナにかけよろうとしたとき
「待て」とマーがとめました。

「これは悲しみの湖だよ。どこかの国で聞いたことがある。世界中の悲しみがここへ流れ込んでいるんだ。湖の水に足をとられると、僕たちも悲しみに沈んでしまう。船をこいで行って、モナを助けるんだ」

湖のふちには小船がありました。言うがはやいかマーは船に飛び乗り、モナのところへこぎよって、モナを船にひっぱりあげました。

「モナ、しっかりして」

岸に寄せて岸に生えているやわらかいこけにモナを抱いて下ろすと、モナは静かに眼をあけました。

そして小さい声で言いました。

「ありがとう。来てくれるって信じていたの」

みんながモナにかけよりました。いちじくもうれしそうにモナのほおを何度もなめました。

「モナがいて、楽しい毎日が当たり前だった。それなのに、モナが倒れてから、火が消えたみたいだった。毎日が楽しかったのはモナのおかげだった」

シュウモが言うと、スナーコ博士がうなずきました。

「そうだよ。計算じゃわからなかった」

「僕が外国へ出かけられるのも、モナがここで待っていてくれるって思うからだってわかったよ」

マーがモナの手をにぎりました。

「モナ、また元気になってみんなで楽しくすごそうよ」


モナはにっこり笑ってうなずきました。

「悲しみの淵に足をとられていたときもみんなの気持が届いていたの。みんなは私が倒れたのは自分たちのせいだって言ってくれた。そして今、うれしいことは私のおかげって言ってくれた。みんないつも悪いことは自分のせい、いいことは君のおかげって言ってくれる。そんなやさしい仲間と一緒にいられるから、私はいつも楽しくてうれしかったのね。ねぇ、私、気がついたの。私、みんながこんなに好き。大好き。好きって大切なことね。ありがとう。」


みんなで涙を流して抱き合ったとき、気がつくとまた森の丘の上にみんながいました。

「さあ、モナも元気になったから満月の音楽会をはじめよう」

モナは歌で参加をしました。モナが元気になる前はあんなに悲しげに聞こえた曲がふしぎなことに今はとても楽しげに森にひびいていました。

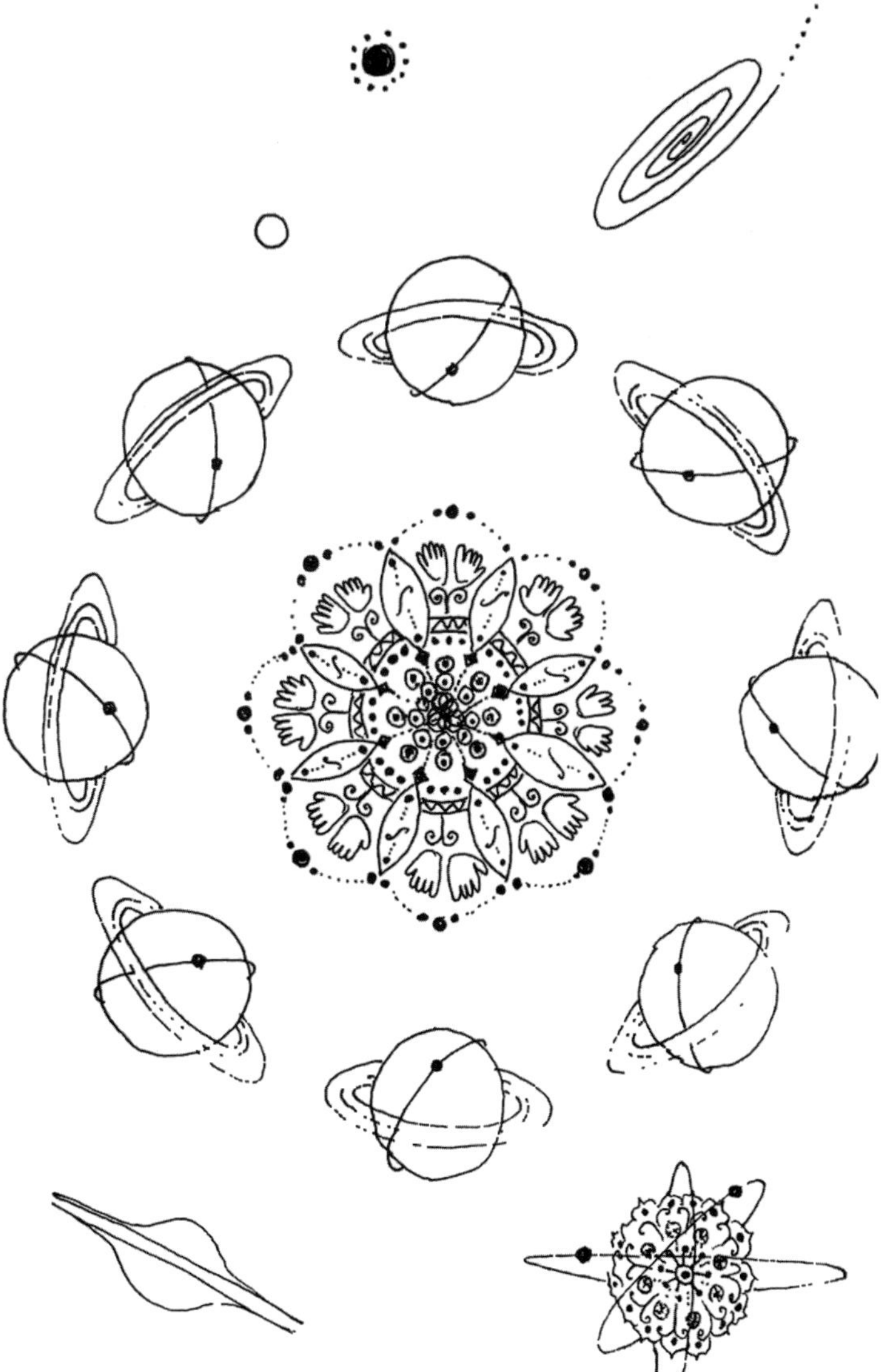

梨

モナが今、魔女になるための実習中で、一生懸命でいることをママは家にいて知っていました。いろいろなことにぶつかってもきっとモナはそれを乗り越えて自分のものにして、元気にもどって来られるということも知っていました。

でもやっぱりママはモナのママですもの。どうしているかなあって、ずっと気がかりでしようがありませんでした。そうしているうちに、モナはパパのいうとおり、魔女修行に行くには、まだ少し小さかったかな、なんて、そんな気にもなってきていたのです。

昨日、家に宅急便が届いたのです。宅急便ってとってもうれしいものですよね。中身がわかっていてもわからなくても…昨日の宅急便はそれ以上に、あける前から特別わくわくするような贈り物だったのです。なぜって、宅急便の箱の上に貼ってある、送り主や受取人の名前が書かれた紙の品名の欄に『秋、

もう秋です』と書いてあったのです。『秋、もう秋です』って名前のものっていったいなんでしょう？　モナがここにいたら、「わぁ、なんだろう」ってきゃあきゃあ言って、それできっと中身のあてっこをしたりしたところでした。

モナの妹の、リサが「ママ？　黒猫のマークの車って魔女の宅急便のこと？」と前に止まった車を見て、台所に飛び込んできたので、「本当に、この宅急便は魔女の宅急便みたいにわくわくするおとどけものだったわ」とママも思いました。

そして中身を見たとたん、やっぱり魔女の宅急便さんが届けてくれたのだって思ったのです。中身は大きな大きな、それはおいしそうな梨でした。モナの大好物の梨でした。

そうだ、あれは、モナがまだ、今のリサくらいに小さかったころのことです。梨のおいしい時期でした。

いつも空を飛ぶことや、魔女になることばかりを考えていたモナは、その日もママにこんなふうに言いました。

「ねえ、ママ。魔女になるためにできることだったらなんだってしたいの。お風呂に入りながらとか、ぼんやりしているときにも、魔女になるために役にたつことをしたいの」

「あらまあ、お風呂はゆっくりはいればいいし、ぼんやりしているときは、ただぼんやりしたらいいのに……」

ママはそう思ったけれど、モナはどちらかというといつだってぼんやり、ぼぉっとしていることが多くて、そしてそういうときはいつだって空を飛ぶことなんかを考えているのだから、同じことかなと思ったのでした。

「モナ。今日はママの知っている魔法を特別に教えてあげるわ」

「え!? 本当? ママ、本当に魔法を知っているの?」

「ええ、そうよ。でもモナもたくさん魔法を知っているはずよ。ただ、それが魔法だって気がついていないだけなのよ」

モナはびっくりしました。いつだって魔法が使えたらなあ、空を飛べたらなあ、魔女になれたらなあと思っていたモナがもう魔法を知っているなんて、驚くのも無理のないことです。そして、いつも間近にいるママが魔法を知っているなんて。それも驚きでした。

ママは冷蔵庫からよく冷えた大きな梨を取り出して、皮をむいて、くし型に切って、お皿に並べてくれました。

「モナ、この梨をいただいたら、どうなるかしら?」

モナはママが何を言いたいのかなと思いました。

「これを食べたら、すごくうれしくなる。おいしいから、幸せになる。それから元気になる」

モナが言いました。

「ね、それだって、魔法なのよ。愛情のこもった梨には、人をうれしく、幸せに、元気にしてくれる魔法が入っているの。それからモナの体の中にも、梨を元気に変える魔法があるのよ」

「ママのお話、わかるけど、そんなのは、魔法とは呼べないよ」

すごい魔法を期待していたモナはちょっぴりがっかりして、梨を食べました。ところがどうでしょう。梨には本当に魔法の力があったのでした。一口食べたときに、モナは急に周りにたくさんの魔法があるということが、頭の中でよくわかったのです。

「ママ、不思議なの。今、周りにある魔法がいくつもわかったの。あのね、モナ、学校のおかいこさんのお当番だったでしょう。おかいこさんね、くわの葉っぱをいっぱいいっぱい食べてたの。くわの葉っぱだけを食べていたの。それなのに、この間から、お口からいっぱい糸を出して、まゆを作っているの。ねえ、どうして葉っぱしか食べないのに、糸を出すことができるの？　体の中に糸を持っているの？　それって魔法よね。葉っぱをあんなにたくさんの糸に変えてしまうんだもの。そうだ、羊さんが作る毛糸だって、魔法よね。だってひつじさんはわらや干し草や草原の草を食べて、毛糸を作るんだもの。ね、ママ、梨もそう？　梨の木はお水と土からもらったものだけで、こんなおいしい梨をつくる……」

次々と魔法を発見しているモナをママはうれしそうに見ていました。モナの見つけた魔法の中にはママも気がつかなかった魔法がいくつもありました。

「ね、ママ、梨って、食べると元気になれる魔法を持っている。魔法には見える魔法と見えない魔法があるんだよね」

「当たり前の中に魔法がいっぱい。見つけられるか、見つけられないか、気がつくか、気がつかないか…そのことは、〝ありがたいものの魔法〟につながっているのよ」

ママは呪文のような不思議なことを言いました。

「〝ありがたいものの魔法〟？　それなあに？」

でもママは笑っているだけでした。モナはこれからぼおっとしながら「ありがたいものの魔法」について考えることにしたのでした。

ママは、モナはきっといい魔女になるわとそのとき思いました。

そして、今、魔女の修行の実習に行っているモナに梨が教えてくれた魔法を思い出してほしいなと思ったのです。それで、また魔女の宅急便で、「秋、もう秋です」の魔法がいっぱいつまった梨を魔法の国にいるモナたちに送ろうと思っています。だからモナはきっと大丈夫。ママがそう思えたのも、梨が持っていた魔法なのかもしれません。

シチュー

1

秋になるとシチューが食べたくなるなあとトロールのミウユウは思いました。そして今シチューを食べたくなったから、きっと秋になったのに違いないとミウユウは思ったのです。ミウユウがそう思ったのには理由がありました。秋になるとミウユウの誕生日がやってきます。

ミウユウには好きな食べ物がたくさんあるけれど、とりわけシチューが大好きです。だからミウユウの誕生日のごちそうはいつも、何日も煮こんだシチューと決まっていたのです。それにしてもこのところとても、暑いのです。もうお日様はずいぶん早い時間に山に沈んでいくのです。だからとうに秋になっていてもいいはずなのに、この暑さはいったいどういうことでしょう。

ミウユウは不思議に思っていることがありました。

「シチューが食べたくなったのに、山にはきのこが生えていない……この暑さのせいだろうか」

ぶつぶつぶつぶつ言いながら、山道を歩いていました。

向こうのほうからやってきたのは、あなぐまのシュウモでした。シュウモはきのこのある場所を誰よりもよく知っているのです。

あなぐまのシュウモもやっぱり何かぶつぶつ言いながら下を向いて、何かを探しているようです。

「やあ、シュウモ。どうだね、今年のきのこの具合は。僕は少しもみつけられないんだがね。シュウモはきのこが生えている場所をちゃんと知っているんだろう？」

「それがおかしいんだ。確かにきのこが生えていたあとはあるんだけれど、みんな誰かに先回りしてもう取られてしまってるみたいなんだ。僕より先に、きのこを見つけられるなんて、いったい誰だろう。森に住んでいるものたちの顔を思い出してもちっともわからないよ。ミウユウは心当たりがない？」

けれどミウユウにももちろん心当たりなどあるはずがないのでした。

「ねえ、シュウモ、それにしてもこんなに暑いのはどうしてなのかな？」

「朝から『暑いね』の挨拶は十七回目だよ。もう暑いねというあいさつはたくさんだよね」

シュウモはまた何やらぶつぶついいながら、汗をふきふき、またあたりを探し始めました。

ミウユウはどこからか、いい匂いがしているようなのに、気がつきました。

「誰かがシチューを作っているのかな?」

シチューのことばかり考えているからか、なんだかどこからともなくシチューのにおいがしているような気さえしてきました。

「ああ。ますます食べたくなってしまうよ。きのこがダメなら、くりやしいの実を探せばいいんだ。木の実のシチューもなかなかいけるんだよね」

ミウユウはつばをごくんと飲み込みました。

「うん、そうだね、きのこもいいけど、木の実もいいものね」

シュウモもミウユウの意見に賛成して、さっそくふたりで木の実を探すことにしたのでした。

けれど、どうしたことでしょう。いつもだったら森じゅう、どこにでも木の実が落ちていていいはずなのに、今年はどういうわけか、木の実もほとんど落ちていないのでした。

「木の実といえば、ダビッドソンだ。ダビッドソンなら知っているはず。木の実のありか…」

ミウユウとシュウモは歌うように森の北側に住んでいる森の仲間のダビッドソンの家にいそぎました。

ダビッドソンの家は大きな大きなしいの木のほこらの中にありました。ダビッドソンがしいの木の周りを、手を後ろに組みながら歩いているのが見えました。彼もなにやらひとりでぶつぶつ言っているようでした。

「おかしいぞ、おかしいぞ、木になっているのは、まだ少し青いしいの実ばかり。明日とろうと思っていた、食べ時のしいの実が、ああ、すっかりなくなっている」

「やあダビッドソン、暑いね」

ミウユウがダビッドソンに声をかけました。

「本当に暑すぎるよ。だけど僕は今、それどころじゃないんだ。冬じゅう食べようと思っていたしいの実クッキーが作れないよ。とり時で食べ時のしいの実がすっかりなくなってるんだ」

「え？　しいの実も？　きのこもないんだ。この暑さと僕は何か関係があるような気がしてならないんだ」

「昨日はしいの実はしっかり枝になっていたんだ。でも足跡も、においも残さず、しいの実がなくなってる。そして今日もとても暑い。暑いことと、しいの実がすっかりなくなったのが関係あるかどうかわからないけれど、でも、しいの実がなくなったのは不思議で、こんなに暑いのも不思議。不思議という意味ではおんなじだな」

ダビッドソンは腕を組んで考え込みました。

ミウユウは手をぽんとたたいていいました。

「どうだろう。スナーコ博士のところに行ってみようよ。博士ならどうしてこんなに暑いのか、きのこやしいの実がどこに消えたのかを教えてくれるかもしれないよ」

「うん。それはいい考えだ。なにしろスナーコ博士はいつもとても難しいことを考えているからね。しいの実のありかを知っているかもしれないよね」

「きのこのありかもね」

スナーコ博士の家は、森のはずれにありました。上には大きな展望台がついていて、家の中には顕微鏡や虫眼鏡、それから何をするのに使うのかわからない大きな機械がたくさんありました。

ミウユウとシュウモとダビッドソンが家に近づくと、ドアのところに銀色ぎつねのトーシーが大きな梨をかかえて中をのぞいていました。

「どうしたの?」

ミウユウがたずねました。

「モナに梨を持っていったら、『スナーコ博士にひとつ持っていってもいい？　さっき寄ったら、研究に夢中みたいだったから、きっと食べることも忘れてる』ってモナが言うんだ。だから帰り道だから僕が持っていくよって言って、ここにきたんだけど、声をかけてもスナーコ博士は計算に夢中で気がつかないみたいなんだ。」

モナは森にたった一人の魔女でした。でも魔女といってもまだまだ子どもの修行中の魔女でした。森の魔女になってまだ間もないので、使える魔法もほとんどないのです。

「いったい何を計算しているんだろう」

中をのぞくと、スナーコ博士は机にむかって、すごいスピードで何か書いたり、電卓をたたいたりしていました。

「みんなで呼んだら聞こえるかもしれない」

ミウユウは「イーチ・ニー・サーン」と号令をかけました。

「こーんーにーちーはー」

四人で大声であいさつをするとスナーコ博士はびっくりして椅子から転げ落ちてしまいました。

「なんだね突然に大きな声で。ああ驚いたなあ。みんなそろっていったいどうしたの？」

「うんと前から声をかけていたのだけど、ちっとも気がつかないのだもの。はい、とれたての梨だよ」

銀色きつねのトーシーはスナーコ博士にずっしりと重い梨を渡しました。

スナーコ博士が梨のお礼を言っているあいだも、もどかしくて、シュウモが聞きました。ミウユウもダビッドソンも次々と尋ねました。


「ね、何を計算してたの？　もしかしたら、どうしてきのこがないかとか」

「どうしてしいの実がないかとか」

「それから、どうして暑いのかとか、ね。計算して考えていたの？」

スナーコ博士はうーんと腕組みをしました。


「ああ、きのこがなくなってるって？　しいの実もなくなっているって？　暑いだけじゃないんだな。大変だ。植物にも影響が出始めたのかな？　うーん。謎だ。地球の軌道は少しもかわっていないんだ。太陽に近づいているわけでもない。しかし、気温は確実に上がっている。一日に一度ずつ。このままだと大変なことになる」

「きのこシチューはどうなってしまうんですか？」

　ミウユウが心配そうに聞きました。

「しいの実クッキーはどうなってしまうんだろう？」

　ダビッドソンも心配でたまらないのでした。

「きのこやしいの実どころじゃなくて、この森はもっともっと暑くなって、みんな黒焦げになってしまうかもしれない。この計算だと、あと一月もしないうちに、動物も草も木もみんな死んでしまうよ」

　トーシーが大きな銀色のしっぽできびすを返すようにしながら言いました。

「僕はモナのところへ帰るよ。モナは魔女だもの。計算でわからないことなら、今度はモナに聞いてみないといけないよ」


　まだ修行中のモナに、スナーコ博士でもわからないような難しいことがわかるとはミウユウもシュウモもそしてダビッドソンも思わなかったけれど、でも大変なことがおこるのなら、モナのところに急ごうとみんなは思ったのです。なぜって、理由はこうでした。

「大変なことが起きるならあの子のとこにいかなくちゃな。なぜってあの子ときたら……」

「大変なおっちょこちょい」

ミウユウが声をひそめて言いました。

「それからすぐに迷子になる……」

ダビッドソンがうなずきながら言いました。

「それからとても泣き虫」

シュウモもうなずいて言いました。

「いつも失敗ばかり……」

「助けにいかなきゃしょうがないよね」

「そういう計算になるな」

スナーコ博士も賛成しました。


修行中のモナにはきまった家がありませんでした。ただ森の一番奥深く、大きなブナの木が集まっているところにモナはいちじくという変わった名前の犬といました。生いしげったブナの葉がモナといちじくの身体を雨や風や寒さや暑さから守ってくれました。モナは温かでやわらかなこけのじゅうたんの上に、こけを傷つけないように、ふうわり座ったり眠ったりするこつを覚えていました。

ミウユウとシュウモとダビッドソンとスナーコ博士と、そして銀ぎつねのトーシーがやってきたときに、モナはいつもの緑色の服を脱いで、それを木の枝と枝の間に渡したロープに干していました。

五人がいるのに気がついたモナはいいわけするように言いました。

「ちょっと川にすべって落っこちちゃったの。ほら、暑いから。ついでだから少し泳ごうと思って泳いだの。洋服も洗えてちょうどよかったの」

「川におっこちちゃう魔女もめずらしいよね」とミウユウが言いました。

その言い方はダメな魔女だなあと言うのではなくて、だから心配なんだよねというあたたかい言い方でした。

けれどモナはミウユウの言葉に返事をすることを忘れて言いました。

「川って冷たいものだよね。今日の川はあたたかだった」

「それにね、なんだか変だった。鮭たちがおびえていたの。ずいぶん数も減っていたの」

「モナ、森がどんどん暑くなっている」

「それからきのこがなくなってるんだ」

「それからしいの実もなくなってるんだ」

「大変なことになってるんだ。モナ、食べ物もなくなって、僕たちはみんな今に黒焦げ」

みんなは大きなぶなの木の近くの切り株や倒れ木にすわって、腕を組んで考え込みました。

「でもトーシーはとてもおいしい梨を持ってきてくれたわ。梨はなくなっていなかったのね」

「梨は普段とかわらなくあったよ。リンゴも大丈夫だ」

「梨もリンゴもシチューには入れられないからね」

ミウユウがぽつりとつぶやくように言いました。

そのとき、ダビッドソンはふと気がついたことがあったのです。

「モナ？　マーにはいつ会った？」

マーはこの森のたった一軒のレストランのコックでした。マーは世界中いろいろなところへ、ピカピカにみがきあげた自慢のバイクででかけていきます。そしてそこで一度でも食べたことのある料理なら、まったく同じように作り上げることができるのです。

マーはモナのところへ「ちょっと味見してくれない？」ということを口実にして、いつもお料理を持ってきてくれるのでした。モナがおいしそうに食事をするのをとてもうれしそうに見ながら、マーはいろいろなお話をしました。今日お店に来てくれた人のこと、星のこと、空のこと、そして世界中旅してみつけたおもしろいものの話。

マーはモナに話をするのが好きでした。今まで気がつかなかったことが、話をしているうちに自分の中に大切なものとなって輝き出すのはよくわかりました。モナがもっともっとゆっくり食べてくれるといいのになとマーはよく思いました。その一方で（だって味見をしてもらってるんだから、それ以上のモナの時間をとるのはよくないよ）とも思っていたのです。でも実際モナにはありあまるほどの時間があったのです。みんなも、それからモナ自身も気がついていないけれど、モナの周りではそこだけゆっくり時間が流れていたのでした。


「おいしかったかい？」

「ええ、とても。ありがとう」

「いやこちらこそ。モナに味見をしてもらわなければ、料理は完成とは言えないからね」

そうしてマーはまたレストランに帰っていくのでした。


「ええ、そうなの。マーがこのところずっとここへやってきていないの」

モナに続いて、ときどき一緒に味見をするトーシーも言いました。

「本当に不思議なんだ。遠くへバイクででかけるときはいつだって、『明日からモンゴルだよ。

それでお願いがあるんだけれど、旅に出るので、余った料理のしまつに困っているんだ。腐らせちゃうからね』っていう具合に言って、とてもおいしいお料理を持ってきてくれるのに、そういう挨拶もないまま、姿を見せないんだものね」

「やっぱり変だよ」

　ダビッドソンはとても大変なことに気がついたように息をきらすようにして言いました。

「秋になると、いつもマーはきのことしいの実と鮭の入った秋のシチューを作るんだ。だから僕のところに、『とびきりおいしいしいの実を少しわけてくれないか』って必ずやってくるのに、今年は来ない」

「本当だ。きのこを分けてほしいって言いにこないよ」

　シュウモも言いました。

「きのこに、しいの実に、鮭。そしてコックのマーの失踪…。

うーん、計算できそうだな」

スナーコ博士の言葉にみんなもうなずきました。

いちじくがクーンとせつなそうに鳴きました。見るといちじくはモナの様子が変なのを感じていたのです。

「どうしたの？　何か思い出したんだね。何か気がついたんだね」

トーシーはモナのそばにきて、下からモナの顔をみつめて言いました。

「私、本当はこのごろずうっと怖かったの。何日か前の夜、それからゆうべもそう。私不思議なものを見たわ」

「どこで？」

ミウユウはできるだけモナを問い詰めるふうにならないようにそおっと聞きました。

「ブナの木の森をぬけて、空が見える丘で……」

「それはいつ？」

シュウモもやっぱり静かにやさしく尋ねました。聞きたい気持ちで心はいっぱいだったけれど、モナがつらくないように、やっぱりシュウモも見守るようにモナを見つめていました。

「あのね、昨日と今日の間の時間。0時でもない、あいだの時間」

「われわれが入りこめない時間の割れ目のことだね」

スナーコ博士が電卓をそっとたたいてうなずきました。

「何を見たの？」

ダビッドソンがそっと尋ねたとき、みんなごくりとつばを飲み込みました。モナは遠いところを見るようにして、まるで物語を話し始めるように、静かに話しだしました。

「なんだか落ち着かなかったの。ブナの森はかわらずやさしくつつんでくれていて、こけも変わらずやわらかだったのに、私、なんだか落ち着かなかったの。急に不安になって、さびしくなって、いちじくにお散歩に行こうかとさそったの。ブナの森を出て、空が広がったとたん、とても驚いた。ゆうべはキラキラした細かいものが静かに空へ上がっていったの。たぶんそれはしいの実が月明かりに光っていたのだと思うの。それから傘をひろげたきのこもまるで踊ってでもいるように空へあがっていったの。数え切れないくらいのきのことしいの実だった。川の方でもきのこよりもしいの実よりもずっと大きな影が上がっていったの。私怖くなって、それで逃げてしまったの。今日はいったいその大きな影が何だったのか気になって、川へ見にいったの。中をのぞいていたら、鮭が私にお話をしたがっているみたいと思ったの。それで中をのぞきこんでいたら、落っこっちゃったの。何日か前の夜には、川から水が音もなく上がっていくのが見えたの。それから向こうの方で、やっぱりとても大きな影が上がっていった。もしかしたら、もしかしたら……。それなのに、私、ただぼおっと見ていただけだった…何にもしないで」

モナはそこまで言うと、お話をやめてしまいました。モナのほおには涙がたくさん流れていました。

「モナ、もうお話は少し休みにしよう。ちょっと横になったほうがいいよ。そのあいだに僕たちは少し相談をしよう」

ミウユウの意見にみんなもうなずきました。

2

どうして大きな影が上へあがっていくのを見たときに、すぐに後を追いかけなかったのかとモナは悔やまれてなりませんでした。きっとあの影はマーだったのだ……その思いがモナを苦しめました。すぐに追えば、マーの居所がわかったのに。いったいマーはどこへ消えてしまったのでしょう。

上を見上げても空があるだけ。あれから何度もほうきに乗って空を飛んでいたモナは、空には何もないのだということがよくわかっていました。いちじくが心配そうにモナの手をなめていました。

ミウユウとシュウモとダビッドソンとスナーコ博士とそしてトーシーは深いブナの森のこけがたくさん生えている空気の中で頭を寄せ合って相談をしました。

「とにかくレストランに行って本当にマーがいなくなっているかどうか、まず確かめることが大切だね」

スナーコ博士はすぐにでも出かけたいようでしたが、ミウユウがそれを止めました。

「僕もマーの家へ行くことが大切だと思う。けれど頭の中で少し整理したいんだ。大切なことに気がつけるかもしれないからね」

シュウモが言いました。

「きのこが消えたんだ」

ダビッドソンが言いました。

「しいの実が消えた」

「それからマーが消えた」

ミウユウが付け足しました。

「梨やリンゴはあったんだ」

トーシーが小さな声でつぶやきました。

みんなの頭の中に同時にひとつのことがあきらかになったような気がしました。


「マーは誰かに秋のシチューを作らされるためにさらわれたんだ」

「でもいったい誰が……」

「そんなにたくさんのきのことしいの実をどうするんだろう」

本当にわからないことばかりです。

「モナは見ている。それも我々が行くことができない隙間の時間に見ているんだ」

スナーコ博士がうなるように言いました。

「やはり、マーのレストランへ行ってみよう」

　五人はモナといちじくをそこにおいて、レストランに急ぎました。

　レストランは変わったところはどこもなくそこにありました。家の外はこれと言って変わったところはありませんでした。

「大きな竜巻にまきこまれたように、家が壊れてるんじゃないかと思ったのに…」

「しいの実だってそうなんだ。大きな風が吹いて、しいの木が揺れたわけでも、竜巻でまきあげられたわけでもないよ。それだったら僕にだって絶対に気がつくはずだもの」

「きのこも上手にすぽっとなくなってる。そおっと手でつんだのでなければあんなふうにはとれないんだけれどね」

　ミウユウとダビッドソンとシュウモが思い思いに言いました。


「マー？　こんにちは。マー？」

　中はシーンと静まりかえっています。

　そして戸口にはマーがどこかへ出かけるときに必ずかけておく〝マーはただいま世界の珍しい食べ物を探すために旅行中です。レストランはしばらくお休み〟の木の札は掛けられてはいませんでした。

「やっぱり旅行に出てるわけではないんだよね」

トーシーの銀色のひげが光りました。

シュウモがそっとドアの取っ手をまわすと、ドアはギィッと開きました。

「開いてる……」

そろって中へ入ってみると、中の様子もいつもと少しも変わったところはありませんでした。ただ少し変わったところがあるとすれば、それはマーがどこにもいないことと、読みかけのバイクの本がベッドに置いてあったことと、ベッドの脇の灯りがともっていたことと、そしてキッチンにはおそらく次の日の料理のための準備か、じゃがいもとたまねぎが入ったかごが、台の上に置かれていたことでした。

「ベッドからそのまま消えたんだ」

灯りや読みかけの本を見ていると、どんなふうにマーがそこにいたのかが見えるようでした。

「大変だ」

トーシーが悲鳴に似た叫びを上げました。

「秋のシチューはいつも特別だった。なぜって、ミウユウのお誕生日のシチューだったり、みのりのお祝いだったりして、マーは特別力を入れていたんだ。だからできあがりの最後に、マーはいつもモナにちょっぴり魔法をかけてもらっていたんだ。食べると幸せになれるようにと〝うれしい気持ちの魔法〟をモナはいつもかけていた…モナの味見のときにそれはおこなわれたから、秋のシチューにかぎって、モナはマーのところに出かけていたんだ。モナがいなければ、秋のシチューだって完成しないんだ」

「ということは……」

　全員がとても怖そうに、声をそろえました。

「モナもさらわれる」

「僕たち、どうしてモナといちじくだけを残して来てしまったんだろう」

　足の速いトーシーがまっさきに駆け出しました。そして残りのみんなも大あわてであとを追いました。

3

モナはそのとき、ブナの森にはもういませんでした。

けれど何者かにつれさられたわけではありませんでした。モナは森の仲間が大好きでした。そしてマーがとても好きでした。そのマーがいなくなったのに、ブナの森にじっとなんてしてはいられなかったのです。


「いちじく行きましょう」

モナは干してあった緑の服を着て、ブナの森のはずれに行きました。きのこやしいの実やそしておそらくは、マーが飛んでいったのが見えたところです。いつのまにかお日様が沈み、夕闇がせまってきていました。

気がつくと緑色の服のポケットに何やらずっしりと重いものが入っています。いったいいつからそこにそれはあったのでしょうか？　洋服を着たときに気がつかないはずはないのに……なぜってそれはずっしりと重かったのです。

モナはポケットにそっと手をいれてそれを取り出しました。それは見たこともないほど素晴らしくきれいな万華鏡でした。外側の三つの面は美しい森のみどりの色の大理石でできて

いました。そして中をのぞくと、そこには言葉では言い表せないような美しい世界がひろがっていました。けれどその万華鏡には魔力でもあるのでしょうか？　体が引きずりこまれそうに思えたのです。モナはあわてて目を離しました。
「どうして私のポケットに入っていたのかしら？」
本当に奇妙なことばかりおこります。万華鏡からもう一度、緑色の大理石に目をうつすとそこにはアルミニウムでできたプレートが貼られていて、トーシーと書いてありました。

「この万華鏡はトーシーのものなのかしら？　トーシーがポケットに入れたのかしら？」

万華鏡に目を奪われていると、いちじくがそばに来て、モナを見つめました。

「そうね、いちじく。万華鏡を見ていてもマーは見つからないね。マーは本当にどこにいってしまったの？　私どうしたらいいの？」

いちじくはモナの悲しそうな顔をぺろぺろなめていました。けれど急にぱっとモナから離れ、森の端の方を見て、うーっと低いうなり声をあげました。


木々の間から銀色の光が見えました。トーシーでしょうか？　いいえ、トーシーのようなやわらかな銀色の光ではありませんでした。冷たくとがった光でした。その光のものはとても大きく重いものだということがモナにははっきりとわかったのです。そしてそれがモナを探してモナをつかまえにきたのだということも、モナにははっきりとわかったのです。モナの身体は恐ろしさに凍りつくようでした。

「吠えちゃだめ。見つかっちゃうわ」

けれど銀色のものはすでにもうモナを見つけてしまっていました。

ギーギーと奇妙な音でだんだんモナのところへ近づいてきたのです。

「万華鏡をさかさまに……」

　突然モナの頭の中でマーの声がしました。

「マー!!」

　モナはマーの声に従いました。万華鏡をさかさまに持ったのです。そのとたん、銀色の重い光はモナの姿を見失ったようでした。急にあたりを見回してそのまま遠くへ行ってしまいました。

「助かったんだわ。いちじく。私すごく怖かった。マーが助けてくれたのね」

　遠くの方からまた銀色の光が飛び跳ねながらやってくるのが見えました。今度の光は確かにトーシーのものでした。

「モナ、無事かい？　ブナの森にいないから、てっきりさらわれたんだと思って、僕どうにかなっちゃいそうだったよ」

「トーシー。トーシーありがとう。トーシーの万華鏡が助けてくれたの」

　モナはトーシーが来てくれたことが、抱きつきたいくらいうれしかったです。

「万華鏡？」

「トーシーが私のポケットに入れてくれたのでしょう？」

　モナはトーシーの目の前に万華鏡を取り出して差し出しました。

「あ、これ!」

トーシーの驚きようにモナもびっくりしました。

「これは確かに前に僕のところにあったんだ。いつのまにかそれは僕のほら穴の中にあったんだ。本当にそれは突然僕のところに現われたんだ。なんてきれいなものなんだろう、僕の宝物にしようと思ったけれど、中をずっとのぞいていたら、身体がゆらゆらして、だんだん気持ち悪くなったんだ。ブランコに長く乗ったときみたいに……。急に怖くなって。だからほら穴の奥に大切にしまったのに、気がついたら、いつのまにかなくなっていたんだ。僕のところにあったときには『トーシー』なんて書いてなかった。それは確かだよ。きれいだなあと何度も眺めたから……。いったいどうしてここにあるんだろう」

「マーの声が確かに聞こえたの。さかさまにって言ってくれたから助かったの」

「モナ。僕、思い出した。昔マーに教わったことがあるんだ。マーはいろいろなところを旅していたから、いろいろな国の言葉を知っていたんだ。『トーシー』は『to see』(見るために)じゃないのかな?」

「じゃあ、さかさにしたら?」

「そうか、きっと『見えないために……』っていうことだよ。だからモナといちじくの姿が隠れたんだ」

モナは少し考えていいました。

「もしかしたら私、つかまったほうがよかったの？　だってそしたらマーのところへ行けたもの」

いちじくが違うよと首を振りました。

「そうだよ。それは違うよね。いちじく。だってマーが来るなとモナを助けたんだから、今あっちへ行ってはいけないんだよ。それにモナといちじくがつかまってしまったらマーを助け出す手立ても消えてしまうかもしれないんだ。ねえ、勝手に行っちゃだめだよ。絶対に約束してほしいんだ」

ブナの森の方から、ミウユウやあなぐまのシュウモやダビッドソン、そしてスナーコ博士がやってきました。

「無事だったんだね。ほっとしたよ」

モナは今ここであったことをみんなに話しました。

「その銀色に光るものがマーをつれさったのだろうか？」

シュウモが言いました。

「おそらくはそうだろうね。モナといちじくは我々と同じ時間にいながら、隙間の時間にも、その万華鏡のおかげで行けたのだと考えられる。相対性理論によると……」

スナーコ博士の難しい話を、他のみんなは最後まで聞いてはいませんでした。

「つぎはどうするかだよね」

ミウユウはいつも物事をすっきりと考えたいほうでした。

「みんなでマーのところへ行くというのはどうだろう」

ダビッドソンが言うと、

「だってどうやって？」とシュウモが不思議そうに言いました。

「万華鏡を使えばきっといけるよ」

トーシーがきっぱりと言いました。

けれどシュウモとダビッドソンはすぐに賛成というふうではありませんでした。

「危険すぎやしないかな？　銀色の恐ろしいものが僕たちをあっという間に襲うかもしれない。マーは助けたいけれど、命知らずだということが一番いいとはけっして言えないからね」

シュウモの意見にダビッドソンもうなずきました。

「無鉄砲なのではないかな」

みんな銀色の光の主が怖かったのです。臆病ではないけれど、たくさんのしいの実やきのこやそして人さえも音もなくつれさってしまう大きな力の持ち主のことを考えると、慎重にならざるを得ませんでした。

「どちらにしても僕たちはどうにかしなくてはならないよ。夜になってもこの暑さだよ。このままだったらあと何日かで僕たちはどっちみち暑さで全滅することになるだろうから」

ミウユウがため息まじりに言うと、みんなそろってうなずきました。

「それにマーが帰ってこないとモナが悲しむから」

トーシーの声を聞いて、他のみんなの顔は少し明るくなりました。

「そうだね。マーが帰ってくると、モナがよろこぶね。僕たちは森の仲間がひとりでもいないと悲しいし、モナも悲しいからね」

「ありがとう、私、マーのところへ行きたいの」

みんながモナのことを考えたのは、もちろんモナのことが大好きだということもあったけれど、それは自分のことを好きでいることにもなると、ふとそう思いました。

4

今、みんなは、スナーコ博士がたよりでした。

「僕は今、言葉の持つ力について考えているんだ。『見るために』という言葉の魔法で、モナは僕たちの時間の中で時間の隙間に入ることができた。僕たちもその魔法を使うべきだと思う」

「誰かが万華鏡をのぞく、やっぱりモナがいいかもしれない。魔女はモナだけだから。みんな円になって手をつないで、そして『マーのところへ』と叫ぶんだ」

時間の隙間とはいったいどんなところなのか、またもどってこられるのか、モナだけひとり行ってしまうということにはならないのか、みんな不安でいっぱいでした。けれど他にどんな方法も思いつかないのです。

「私がのぞく」

モナはゆっくりとうなずきながら言いました。前にのぞいていたときのことを思い出して、身震いしそうになったけれど、でもモナは何かせずにはいられなかったのです。

「さあ行くよ」

スナーコ博士の掛け声でみんなしっかりと手をつなぎました。モナはトーシーと、トーシーはシュウモと、シュウモはダビッドソンと、そしてダビッドソンはミウユウと、ミウユウはスナーコ博士とそしてスナーコ博士はいちじくと順番に手をつなぎ、いちじくはしっかりとモナのスカートを口にくわえました。

「けっして手をはなさない。モナだけを向こうにいかせるわけにはいかないんだ」

みんなはそれぞれにしっかりと心の中で誓いました。

モナはあいた手の方に万華鏡を持ち、そして中をのぞきこみました。

赤と青と紫と金色の光があるところでは中心にむかって、そしてあるところでは外側にむかって、きらきらと流れているのが見えました。思わず目をそらしそうになるけれど、モナはトーシーの手をぎゅっと握りしめて、マーのところにいくことだけを願いながら、その光の流れに身をまかそうと思いました。そして仲間と声を合わせて叫びました。

「マーのところへ」

モナの耳には、仲間の「マーのところへ」という声がしっかりと届きました。

けれど、いろいろな色は仲間たち一緒にではなく、モナだけを万華鏡の中へ吸いこもうとしているようでした。トーシーは誰かがモナの手をもぎ取って行ってしまうように感じました。

「モナ!!」

トーシーが叫び声を上げました。

「トーシー手を離すな」

他のみんなが祈るように言いました。けれど光の力はあまりに強く、どんなにどんなにトーシーがモナの手をにぎっていようとしても、かなわない力でした。そしてモナの手はとうとう離れてしまいました。

トーシーは悲鳴ともつかないような小さな悲しい悲しい声をあげました。モナの身体がトーシーから離れて遠くへ遠くへと運ばれていきました。

「ああ、モナだけがひとりで、時間の隙間へ吸いこまれてしまう……」

みんなの心を絶望的な不安が襲ったのでした。

けれど、ひとりいちじくだけはけっして緑の服を噛んでいる口の力をゆるめることはありませんでした。

「ぼくはモナの一部。いつだって一緒なのだから」と信じて疑わないようでした。

そして不思議なことに、いちじくとスナーコ博士は離れることがなく、そしてスナーコ博士とミウユウも、離れることはありませんでした。こんなふうにして、みんなはちゃんと一列になってモナにつながっていたのです。みんなはくねくねと列をつくりながら、どこかへ向っていました。

今まで一度も感じたことのない不思議な感覚をみんなが感じていました。どちらが上でどちらが下で、どちらが右で左なのかもはっきりとはわからないのです。

そして自分たちが上へのぼっているのか、下へ降りているのか、それさえももうわからないのでした。光は無限に続いて、仲間たちの姿は近くから奥へといくつもいくつも映し出されて、無数の姿となっていました。

その無数の姿は、またモナたちを怖がらせました。四方八方へ続いている姿はどれもまったく同じもので、もう自分たちのどれが本物の姿かさえもわからなくなっていました。そしてとうとう自分たちは本当にそこにいるのか、それとも、どの姿もただ映し出されているだけなのかもわからなくなりました。自分たちはまったくのにせものなのではないだろうかという気さえしてくるのでした。

「だめだ。このままだったら、僕たちは自分というものを失ってしまうよ」

ミウユウの声にスナーコ博士も「まったくそのとおり」と言いました。

5

モナも自信をなくしていました。自分というものがつまらないものに思えてきたのです。

「私がこんなにたくさんいる。こんなにいるのだったら私一人いなくなってもどうということはないのじゃないかしら？　私ががんばらなくても、誰かがマーを助けてくれるのではないかしら？」

万華鏡の中の不思議な光が、モナのがんばろうとする気持ちや自分を信じる気持ちをうばっていくようでした。


突然声がしました。それはマーの声でした。

「モナ、信じるんだ。自分を、そして仲間を。目を閉じて。そして君自身の心の声に耳をかたむけるんだ」

モナ以外のみんなには「モナのために、モナが大きな力を出せるように祈るんだ」というマーの声がはっきりと聞こえたのです。

モナは目を閉じました。数え切れないいくつもの自分の姿は消えました。そこにいるのは自分と、そしてスカートにつながっている大好きな仲間だけでした。

「私たちはどうすればいいのだろう。私たちはどこへいけばいいのだろう」

みんなはただモナの力を信じて祈りました。いつもはあわてんぼうで泣き虫で失敗ばかりのモナだけれど、モナは魔女なのです。大事なときにはきっとがんばれるはず。

「がんばってモナ。信じるんだ、自分のことを」

トーシーとダビッドソンとシュウモとミウユウとそしてスナーコ博士の心から、温かい光が広がってきて、モナの身体をつつみました。万華鏡のたくさんの光の中でも、目を閉じているモナにははっきりとその光が見えました。その光はやがて言葉では言い表せないような豊かなメロディとなって広がりました。そしてその光の中でモナははっきりとわかったのです。

「私たちの進むべきところがわかった。それは海」

光と音楽はあふれるようにモナの身体をつつみ、モナの身体にやわらかく波が静かに入ってきたのです。「『to sea』……海へ」モナがしっかりとした声でさけびました。

そのときモナの手にしていた万華鏡の「トーシー」の字がまた光りました。気がついたときにはみんなは砂浜にいました。

「助かった」

ダビッドソンがうれしそうに声をあげました。けれど暑さが苦手なあなぐまのシュウモは息をするのも苦しそうでした。そしてとうとう横になってしまいました。砂浜は森よりももっともっと暑く、そして乾いていました。

「ぐっと気温があがったようだ」

　スナーコ博士は心配そうにあなぐまのシュウモを見ました。

「毛皮でおおわれているから、体温がどんどん上がっているのだろう」

「シュウモさん、ごめんなさい。私のみつけた道であなたを危険な目にあわせてしまっているんだわ」

　でもモナはあともどりをするわけにはいきませんでした。

「さらに温度が上がったのは、原因に近づいた証拠だよ」

　スナーコ博士はあたりをさっそく調べはじめました。

「シュウモさん、待っていてね。私、心の声にしっかりと耳を傾けて進むことにします。いそいで戻ってくるから待っていてね」

　とても小さくて泣き虫で、そして弱虫のモナのどこにこんな力が秘められていたのでしょうか？　今はとても

頼もしく、そして大きく見えました。

　シュウモはこんなにつらくなっても、まだみんなと一緒に進もうとしていました。よろけながら、立とうとするのです。

「僕たちにまかせておけよ。君はここに残ったほうがいい。それ以上進むと命さえ落としてしまうよ」

　ミウユウの言葉にシュウモは首を振りました。

「ここにいても恐ろしく暑いし、つらいよ。でも一番つらいのは僕がみんなのために何ひとつできないことだよ。君たちは先にいってくれ。でも僕も僕の力で行くよ」

「おいていけないよ。そうだ、ちょっと待っていてくれないか？　モナ10分だけだから」

　シュウモといつも仲良しのダビッドソンは、木で何かを作ることがとても上手でした。あっという間に浜辺にうちあげられた木でタイヤや軸を作り、打ち上げられた板にとりつけて、台車のようなものを作りました。

「シュウモ、ここに乗ってくれるかい？　僕がひっぱっていくよ」

「力だったら僕だって、誰にも負けない」

　スナーコ博士は学者だったけれど、力もとても強いのです。

「ありがとう」

シュウモが涙をうかべました。

「よかった。ありがとう。ダビッドソンさん、ありがとう。スナーコ博士。ありがとう。シュウモさん、では出発しましょう」


浜辺はまるで砂丘のようにどこまでも続いているようでした。しかもそれは平らではなく、目の前には大きな大きな砂山が見えました。さらさらと崩れる砂山は、本当に大きく天までとどきそうなくらいでした。モナはその砂山へ向っていました。

（シュウモをひっぱりながら、この足元の悪い、大きな砂山にいったいのぼることができるのだろうか？）誰もが心配になりました。

けれどモナは砂山にのぼることはせず、まわり込もうとしていました。モナの心がそうしろと教えてくれていたのです。

突然いちじくがウーと唸り声をあげました。

砂山をまわり込むとそこには驚く景色が広がっていたのです。空中に大きな大きな宇宙船のようなものが浮かんでいたのです。そしてその宇宙船は白い水蒸気をシューシューとさかんに出していました。

宇宙船はくすんだ黒い鉄の塊でした。あなぐまのシュウモだけでなく、他のみんなもその暑さにもう何度も気を失いそうになっていました。

「モナ、何か近づいてきている」

トーシーが低い声でモナに声をかけました。いちじくもそれに気がついているのでしょう。モナを守るように何かに向って吠えつづけています。

ギーギーギーギー。一度聞いたら忘れることができない音がモナの耳にとどきました。銀色の光を帯びた金属のよろいを着たものたちが水蒸気のむこうから、少しずつ形をあらわしてきました。前にモナが森のはずれで出会った重い足をひきずるようにして歩く、銀色のものでした。

「おそろしく精巧にできているロボットだ」

スナーコ博士がうめくように言いました。そのロボットは一体だけではありませんでした。四方八方の水蒸気の霧の中から、何体ものロボットたちはギーギーと気味の悪い音をたてて現われ、そして近づいてきます。とうとうモナたちは銀色の身体に黄緑色に光る目をもつロボットたちに囲まれてしまいました。

6

モナたちは銀色のロボットたちに捕らえられました。みんながどんなに大声を出して叫んでも、たたいても、ロボットたちは知らんぷりで、心を持っていないのか、ただ誰かに命令されたとおりに仕事をこなしているように見えました。ひとつのロボットが仲間をひとりずつ抱えました。

抱きかかえられながらも「戦おう」というミウユウの言葉をモナが止めました。

「マーがきてほしいと思って、私たちを呼んでくれたのだと思うの。シュウモさんも身体を動かせない。もう戦うのはよして、ロボットたちと行きましょう」

それまでロボットに歯をむきだし、ロボットの腕から一刻も早く抜け出して、モナを救い出そうと吠えていたいちじくが、吠えるのをやめました。

「そうだ、おそらくロボットたちはこの暑さなど平気なのだ。僕たちはこの暑さの中では戦えないよ。無駄な争いはやめよう」

スナーコ博士も冷静に言いました。

トーシーはもしかしたら同じ銀色だということで何か感じたのかもしれません。しきりにロボットに話しかけていましたが、ロボットからは何の返事も返ってはきませんでした。ダビッドソンは親友のシュウモを気遣い、ロボットの腕の中でもシュウモから決して目を離さずにいました。

　ロボットたちは水蒸気で前があまり見えない中を進んで行きました。

　突然モナが声をあげました。モナの声にみんなマーの姿を探しました。

「マー!!」

　マーは手足をひもでしばられた形で空中に浮かんでいました。そしてその前になんともおそろしげな巨大な生き物が顔を真っ赤にして、マーを大声で責めていました。

　その生き物の灰色の肌には少しも毛が生えていませんでした。そのかわりにごつごつした毛穴から膿《うみ》のようなものが流れ、一目でも見た人は決して忘れることができないくらい恐ろしい生き物でした。こんなにもみにくいものがいるだろうかと思われるくらいのすさまじさでした。怒っているからか、ときどきその毛穴からシューという音とともに熱風を出し、あたりをまたいっそう暑くさせていました。

「違う、前に食べたおまえのシチューの味はこんなじゃなかった。もっともっとおいしかった。マー、おまえはもっとおいしい味を作れるはずだ」

その生き物は赤い顔をいっそう赤くしました。またシューと熱風が吹き、あたりの温度がさらに一度上がりました。

「僕のできることはこれでおしまいだ。僕はいつも人の力を借りて、料理を完成しているのだ」

マーが少し気の毒そうにその生き物を見ました
「それが不思議の森に住む魔女、モナの力だな」

その声を聞いたからか、ロボットたちがギーギーと声を上げました。モナたちはそれがロボットの身体をすりあわせる音だと思っていたので、声を持っていることに驚きました。

トーシーが記憶をたどるように腕を組みました。

「もしかしたら、あの恐ろしげな巨大な生き物はユウラという名の生き物かもしれない。マーが話してくれたことがあるよ。昨年のシチューパーティの準備でシチューを作っていたときに、ひょっこり戸口からその生き物はあらわれて、シチューを欲しいと言ったんだそうだ。一度見たら忘れられないくらい恐ろしくみにくい生き物だったとマーが話してくれたけれど、なるほど本当にそうだな。ユウラはシチューを口に入れたとたん『シチューを全部くれ』と大きな声で言ったのだそうだけれど、これからシチューパーティがあって、君はしっかり一人分は食べたからと断ると、すごい顔でにらみつけて、いなくなったそうだよ。どうも少し魔術を使うようだったとマーが話してくれたんだ」

「そこでごちゃごちゃぬかしているのは誰だ。黙っていろ!!」

ユウラがモナたちの方をふりかえりました。目は真っ赤にただれ、赤い顔はさらに赤くなり、耳まで裂けた口からは、全身の毛穴から出している水蒸気よりももっとたくさんの熱い黄色い息をシューシューと出していました。

「モナ、おまえがモナだな。この俺様のシチューをもっとおいしくするんだ! 俺さまの大事なシチュー。これを食べるために俺はとてつもない苦労をしたんだぞ」

ユウラが指差したのはモナたちが大きな宇宙船だと思った大きな黒い円盤でした。それは驚いたことに、とてつもなく大きな鍋だったのです。中には森から運ばれてきたきのことしいの実などがたくさん入れられたシチューが、ぶくぶくと泡をたてて煮えたっていました。そのシチューを温めているのはどうやらユウラから出ている怒りのエネルギーのようでした。

「なんとすさまじいエネルギーなんだ」

スナーコ博士はカバンからノートを取り出し、何かを計算しているようでした。

モナは悲しそうに首を振りました。

「このままではもっとおいしくはならないの」

　ユウラはウオーと悲しい声を上げました。その声はあたりじゅうに響き渡り、恐ろしい熱気があたりをつつみました。

「俺様はこのシチューを腹いっぱい食べたいために、どんなに大変な思いをしてきたと思うんだ。こんなにみにくく生まれついて、誰からも嫌われ、親しく話しかけてもらうこともなく、みにくい、恐ろしいと化け物呼ばわりされてきた俺様が、もう死んでしまいたいと思って、時間の隙間からもうひとつの世界をみたときに、驚くほどおいしそうな匂いをかいだんだ。隙間からマーの鍋の前に行き、あのシチューを食べたんだ。それはとてつもなくうまかった。もっともっと食べたかった。けれどマーはダメだと言った。俺様は死ぬ前にもう一度あのシチューを腹いっぱい食べてやると思って、たくさんのロボットを作り、手下にした。計画をねって、それから一年眠ることすら忘れて準備し、秋が来るのを待っていたんだ。俺は俺をみにくいというものたちに別れをつげるために、命を絶とうと思っている。その前にどうしてもシチューを腹いっぱい食べたい、それのどこがいけないんだ。なぜ、マーは前と同じシチューを作ってくれないのか」

　仲間たちは気の毒そうにユウラを見ました。けれど憎々しげに吐く息を見るとその気持ちもたちまち消えてしまうのでした。モナはぐったりしているあなぐまのシュウモの身体を抱きしめながら言いました。

「あなたは私の大事なシュウモをこんなにもつらい目にあわせているわ。あなたがおなかいっぱいシチューを食べたいという気持ちは間違っていないけれど、でもだからと言ってあなたは人を苦しめていいということにはならないと思う」

モナはシュウモをそっと横たわらせ、ユウラの前へ進みました。

「やけどをしてしまうよ、モナ。気をつけて」

ダビッドソンが声を上げました。けれどモナはユウラに手を差し出しました。

「ユウラさん、私たち仲間になりましょう」

モナの手がユウラの手に触れたとき、モナの顔が熱さと痛さで一瞬ゆがみました。けれどモナはにっこり笑って、もう一度言いました。そして今度はしっかりと手をにぎりました。

「ユウラさん、私たちお友だちになりましょう」

その瞬間不思議なことがおこりました。ユウラの目から涙がぽろぽろとこぼれ、あたりに急に涼しい風が吹いてきたのです。

「俺を『あなた』と君は呼んでくれるのか？ ユウラさんと呼んでくれるのか？ そして仲間になろうと言ってくれるのか？ 俺は今まで『あなた』などと呼んでもらったことは一度

もなかった。名前で呼んでもらったこともなかった。いつも『あいつ』とか『化け物』とか『きさま』とかそういうふうな呼ばれ方しかしたことがなかったんだ。その俺に、君は仲間になろうと言ってくれるのか？」

ユウラが声を上げてわあわあと泣くと、空から大粒の雨が降ってきました。いそいでロボットたちがなべに大きなふたをしました。

あたりはすっかり冷え、秋の風がもどってきたようでした。マーがその様子を見て言いました。

「僕の料理がおいしいのは、愛する人のおいしい顔を見たいと思うからだよ。大好きな

モナや大好きな仲間たちにおいしい料理を食べてもらいたいと思って作るからだよ」

「マー、ユウラさんや私たちみんなで秋のシチューをいただくことにしたらどうかしら？　マーが私たちみんなのために、秋のシチューの仕上げをしたらきっとシチューはおいしくなるわ」

　モナがにっこり笑いました。

　泣きながらユウラがロボットたちにマーの手足をしばっているひもをほどくように言いました。雨もいつのまにかあがっていました。


　時間の隙間ではいろいろなことができるようです。マーは雲に乗って、大きなシチューの味見をしました。

「ほんの一振りの塩と、コショウが足りないな。それからローリエの葉っぱが一枚」

　本当にたったそれだけのことだったのでしょうか？　それとも塩やコショウやローリエと一緒に、マーや仲間のおいしくする不思議な調味料が入ったのでしょうか？　ついにシチューは完成しました。

「ユウラさん、私たちが仲間になった記念のパーティと、それからね、秋はミウユウのお誕生日の季節でもあるんです。そのパーティを一緒にしたらどうかしら？　ロボットさんたちも一緒に」

銀色のロボットたちの胸のあたりに光がぽっとつきました。仲間の一人に加えてもらえたことでロボットたちの心に、まるで血が通いだしたかのようでした。ギーギーとうれしげでやさしげな声がそれを証明していました。

ユウラの顔はとてもおだやかでした。そして喜びがあふれているようでした。赤い顔は白くなり、赤かった目はこうして見ると、つぶらで可愛らしいのです。身体の毛穴の膿もすっかりかたまって、とてもおしゃれな水玉模様のようでした。

「ユウラ、君はなかなか素敵だよ。ほら顔をうつしてみろよ」

ダビッドソンがロボットの身体にユウラの顔を映すように勧めました。

「俺は、鏡は、あの、好きではないから」

ユウラはすっかり人が変わってしまって、とても恥ずかしそうに言いました。さっきまでの乱暴で恐ろしいユウラは姿を消してしまって、そこには恥ずかしがりやで、少し臆病なユウラがいました。

「大丈夫だから、とても素敵だよ」

「ユウラさん、とっても素敵」

みんながあんまりすすめるので、ユウラはおそるおそる目を開けました。

「これが俺かい？　夢じゃないんだろうな」

ユウラの目からは、また涙が流れました。

「今までの君だって、きっと本当はとても素敵だったんだよ。ただ人を恨んだり、怒ったりばかりしていたから、とても怖い顔だったんだよ」

ミウユウの言葉にみんなうなずきました。

「パーティの用意ができたよ」


マーはロボットたちと、すっかり秋のシチューパーティの用意を進めていました。

「シュウモくん大丈夫？」

ユウラがシュウモを抱きかかえると、不思議にシュウモはすっかり元気になりました。

「君には人を元気にする不思議な力があるんじゃないかな？」

トーシーが言っても、「まさか」と言ってユウラはなかなかそのことをうけとめようとはしませんでした。

「でもね、ユウラ。つらい思いをしてきた人はそのつらさの分だけ、悲しい思いをしてきた人はその悲しみの分だけ優しくなれるんだよ。君はこれまでとてもつらく悲しい気持ちですごしてきた。だからきっと君はとても優しくなれるに違いないよ。いや、もう誰よりも優しい人になってるよ」

「この俺が？　この俺がとても優しい？　まさか。嫌われ者で、汚れもので、乱暴者のこの俺が？」

「さあさあ、シチューがさめてしまうから」


マーの声で仲間たちはテーブルにつきました。テーブルにはたくさんの食べきれないほどのシチューと、それからトーシーとモナとスナーコ博士が持っていた三個の梨で作られたジュースが置かれてありました。

「秋のシチューパーティばんざい。ユウラが仲間になっておめでとう。ミウユウ、お誕生日おめでとう」

「乾杯！」

乾杯のジュースは素晴らしくおいしく、暑さで乾いたのどをうるおわせてくれました。

「君から最初に食べてくれないか？」

マーがユウラに言いました。みんなもユウラの口元と表情を見つめていました。ゆっくりとスプーンでシチューをすくって、ユウラはシチューを口の中へ運びました。

「ウオー。これだよ。この味だよ。何度も夢にみたこの味。いや、待てよ。違う、前に食べたときよりももっともっとおいしいよ」

「きっとそれはみんなで食べるからだと思う。私も一人で食事するときより、大好きな仲間と食事をするとおいしいから。あのね、これも食事の仕上げの魔法のひとつだよね、マー？」

「そうさ、みんなで食べる食事はおいしい」

本当においしいおいしいシチューでした。すっかり元気になったあなぐまのシュウモがユウラに言いました。

「僕のうちのとなりの木が空いているんだ。そこに君、住まない？　僕の家とおんなじで、そこはそんなにりっぱな家じゃないけど、でもなかなかすごしやすいよ」

ユウラも森に住むことになりました。

「秋のシチューパーティが終わったら、みんなで手をつないで、また万華鏡をのぞけばおそらく森へ帰れると思う。しかし時間の隙間は我々の森の世界と同時に存在しているわけで……それからいったい、空間と時間と……」

スナーコ博士がまた計算を始めました。

森に帰るころ、森にも秋の風が吹いていて、葉っぱもすっかり秋の色に染まっていることでしょう。

メダル物語　medal story

モナの森を東へと越え、大きな川や険しい山、どこまでも続くかと思われるような砂漠のもっともっと向こうに、その国はありました。その国は、国民を何より愛する王様とお后様がいて、そして、輝くように美しく、まっすぐに人を愛する心を持ったお姫様がおりました。国には美しい緑があふれ、花々が咲き乱れ、民は喜びと感謝の歌をうたい、にこにこしながら暮らしていました。ところがあるとき、この国に悲しい出来事が起こりました。誰からも愛されているお姫様が、重い病気にかかり、目を覚まさなくなってしまったのです。王様もお后様も、すべての手をつくしましたが、お姫様の病気はなかなか回復しませんでした。悲しみが国を覆い、緑は輝きを失い、花も枯れ、人々からは笑顔が消えました。

これはただ事ではない、大切な姫どころか、国の危機がおとずれたのです。国一番の力を持つという魔術師が王様に呼ばれました。

「なんとかならないのか?」

王様に魔術師は言いました。

「この国は姫の病が治れば、また元気になります。姫が元気になる方法はあります。この国のはるかかなたに、エルガンダという国があります。そのまたかなたに、ひときわ高くそびえ立つヘルアライと呼ばれる山があります。その山のどこかに、このような病気を治す書があると私は聞いております。姫の病を治し、笑顔を取り戻すには、その書を手に入れるしかありません。けれど、それは決して簡単なことではありません。そこにたどりつくまでには、数々の試練が待ち受けているでしょうし、さらに、その書はヘルアライの山に住む恐ろしい魔物が守っているという噂です」

王様は自らがすぐにでも旅立ちたい気持ちがありました。けれど、病の姫とお后と民を残して出かけることは叶わないことでした。

すぐにおふれが出されました。姫と国の危機を救うために、冒険の旅に出ようと思う者があれば、申し出てほしいというおふれでした。

王様やお后様やお姫さまを心から愛する国の人たちではありましたが、国の外へはほとんど出たことがありません。何が待ち受けているかわからない冒険の旅に出ようというものがいるだろうか？　王様が不安に思う中、七人もの若者が旅に出たいと申し出てくれました。七人それぞれが本当に素晴らしい若者でしたが、そのことについては、いずれまた詳しい物語の中でお話させてもらいましょう。

魔術師は七人に告げました。

「冒険の旅は簡単ではない。特に、ヘルアライに棲む魔物から書を奪うことは、このままでは百度命を落としても叶うものではないだろう」

若者たちは手をぎゅっと握りしめ、魔術師をにらむようにしていいました。

「いったい僕たちはどうしたらいいのです」

魔術師の話は続きました。

「エルガンダの国へ行き、伝説の魔女モナに会いなさい。そこで証となる勇者のメダルを手に入れるのです。その勇者のメダルは大きな力を持つと聞いている。それを手に入れた後に、ヘルアライの山へ向かうのです。そのメダルがあれば、きっと大切な書を手に入れることができるであろう」
七人の若者は眠っている姫に、旅のためのお別れを言いに行きました。姫の近くに膝を折り曲げて頭を下げ、口々に必ず書を持って帰ると誓いました。

エルガンダに着くまでにも七人は数々の困難に遭いました。どこまでも続くように思える砂漠では数々の蜃気楼が七人を悩ませました。それから、蟻地獄が七人を砂の奥にひきずりこもうとしました。険しい山は、突然、山の上から岩を降らせたりもしました。けれど、七人は決してあきらめることはありませんでした。その冒険の物語はまた別の物語に書きましょう。

そうして、季節も変わる頃に、ようやく七人はモナの住む森にたどりつくことができたのでした。

七人がやってくる前に、モナの小屋の鏡を通して、鏡の魔女がやってきてモナに話があると言いました。

「もうすぐ七人の者がやってくるの。その七人は大切な使命を持って、遠い国からここへやってくるわ。七人が守ろうとしているものは、モナにとっても、とても大切なもの。できるかぎりのことをして、七人の頼みを聞いてあげてほしいの」

モナもまたこれまで何度も旅を繰り返してきました。その度にたくさんの人や動物、妖精やトロルたちの温かい手を借りてきました。旅の大変さはモナもよくわかっています。できることは何でもしたいと思いました。

けれど、モナは魔女と言っても、どんな魔法も使うこともできません。空を飛ぶことすらできないのです。それでも、エルガンダのみんなはモナのことをいつも「モナは素晴らしい魔女よ」と言ってくれるのです。けれども、モナには自信がないのでした。ただ、疲れてたどりつくだろう七人のために、お湯をたくさん沸かしてお風呂を用意し、お茶とお菓子とそして食事の用意をしました。

七人がたどり着いたのは、ちょうどそんな用意ができた頃でした。モナの小屋の戸がノックされました。

「伝説の魔女、モナを探しています。扉を開けてください」

モナは、すぐにも開けようとしましたが、伝説の魔女でもなんでもないのです。魔女と呼ばれながら、魔法のひとつも使うことのできない、小さな女の子にすぎませんでした。扉を開けることをためらいました。何もできない私を知れば、みんなきっとがっかりするわ。

けれど、鏡の魔女が、できることをしてほしいと言ったことを思い出して、扉を開けました。七人の若者は数々の困難をくぐり抜けてきたので、すっかり、衣服も靴もぼろぼろになって、疲れも見えましたが、目の奥には、大切なものを守ろうとする勇気の光が見えていました。

「伝説の魔女モナに会いたいのですが、モナにはどこに行けば会えますか？」

「伝説でもなんでもなく、魔法も使えないけれど、この森に住む魔女モナと呼ばれているのは、私です」

七人は驚きを隠せませんでした。なぜなら、伝説の魔女はきっと、ありとあらゆる魔法を使いこなす、年齢もいくつかわからないほど年寄りの、偉大な魔女だろうと想像していました。けれど目の前のモナは、モナ自身が言うように、なんの力もない、小さな女の子のように思えたからです。みんなの落胆ぶりに、モナも申し訳なく思いました。

「ごめんなさい。エルガンダの国にモナという名前の魔女は他にはいないの」

七人は代わる代わる自分の国のお姫様の話、

美しかった国が今はすっかり荒れ果ててしまって、国民が笑顔もなくなってしまったことや、魔術師から言われたことを話しました。

「ぼくたちはどうしてもモナに、勇者の証であるメダルをもらっていかなくてはならないんだ」

モナはそのときに思いました。

「あなたたちには、勇者の証なんて必要ないわ。だって、みんな勇者だもの。大好きなお姫様のために、冒険の旅に出て、数々の困難と立ち向かってここへたどり着いた。みんなは本当に素晴らしい勇者だわ。証など必要はないわ。あなたたちの中にその証は、ほら光っているわ」

けれど、七人はうなずきませんでした。どうしても、勇者のメダルが必要だというのです。

モナは、一緒に住んでいる犬のいちじくと、金魚のギルに向かって相談をしました。

「どうしたらいい？　私は何もできないのに」

ギルは、かつて大きな冒険をしたときに、預言者のドーパに大きな力をもらったことがありました。

「モナ、明日みんなでドーパの塔に行ってみようよ。ドーパなら、きっと助けてくれるのじゃないかな？」

「僕もそう思うよ」といちじくが言いました。

モナは七人に部屋へ入ってもらって、お風呂や食事など、できる限りのもてなしをしました。そして、ドラゴンのアルに、急なお願いをして運んでもらった干し草のベッドで、休んでもらいました。

朝の光が差し込んで、小鳥の歌が聞こえてくるころ、七人はすっかり元気をとり戻して、目を覚ましました。外にはアルのお父さんのグラン・ノーバが、みんなを背中に乗せて、ドーパの塔へ送るために来てくれていました。

七人はグラン・ノーバのあまりの大きさに少しぎょっとしました。何しろ歯も爪もそして目も、あまりに大きかったからです。けれど、モナと話すグランはとても優しく、七人をそっと背中へ乗せてくれました。モナといちじくとギルはアルの背中に乗りました。

モナの森からは、遠くに光る点にしか見えないドーパの塔が、ドラゴンの力であっという間に目の前に見えました。塔には、宇宙の言葉をつむぎだすドーパが住んでいます。モナが少女であるのに対して、ドーパはいったいどのくらいの年齢なのか誰もわからないほどでした。

このドーパこそ、勇者のメダルを与えてくれるに違いないと思われたのに、ドーパはモナとまったく同じことを言うのです。

「おまえたちはメダルなどなくとも、もうすでに勇者である。メダルは必要ないのではないか？」

けれど、七人は決してゆずりませんでした。

「大切な姫を助け、国を守るためには、どうしても勇者のメダルが必要なのです。我々に力をくださいませんか？」

モナもドーパに頼みました。

「ドーパさん、どうぞみんなに力をください。私は何もできなくて、アルとグランにお願いして、ここへ連れてきてもらうことしかできなかったの」

ドーパは少し考え込んだ後、言いました。

「どうやら、モナを含めて、おまえたちはみんな、おのれがおのれであることの大切さを知ることが必要なようだな」

ドーパは塔の一番高いところへみんなを連れて行きました。そして、塔の高いところにある戸口から外に出ました。

あんなに天気がよかったのに、塔の上は雪が舞い降りていました。

ドーパはまず、ひとひらの雪を手に取り、そっと手をにぎり、また手をあけました。ドーパの手の中には不思議なことに、雪の結晶の形のままに、雪のメダル、スノウメダルが光っていました。ドーパはまた、ひとひらの雪を手にしてそれをメダルへ変えました。何度も繰り返して、スノウメダルは、人数分用意されました。

「おまえたち、よく聞くがいい。このスノウメダルは私が作った物ではないよ。天がおまえたちにと、メダルの形にしてくれたものだ。メダルの形はみんな違う。宇宙に同じものは、ひとつとない。これは宇宙でたったひとつのものなのだ。雪の結晶は、宇宙が風や温度を調節して、そのひとひらの雪にとって、一番良い形にできあがる。そしておまえたちもそうなのじゃ。誰一人として与えられたもので、無駄なものを持っているものはおらぬ。おまえたちが、おまえたちであることは、宇宙が必要として、そうなっているのだ。スノウメダルを見る度に、おまえたちが、おまえたちとして生まれてきたことの意味を知ることとなろう。そして、それが宇宙から愛されていることの証となろう」

ドーパにスノウメダルを最初に渡されたのはモナでした。スノウメダルを手にしたとたん、モナは体の奥から何かが湧き起こってきて、涙がとまらなくなったのです。ママの優しい顔、パパが赤ちゃんのモナをいとおしそうにのぞき込んでいる顔。友だち、おじいちゃん、おばあちゃん、たくさんの人たちが、モナはモナだからいいんだと教えてくれている気が確かにしたのです。そうだ、魔法ができなくても、あわてんぼうで、失敗ばかりでも、私は私ができることを、毎日続けて生きていくことが大切だと、急にそういう想いがあふれて、涙がとまらなくなったのです。

七人もまたそれぞれが、スノウメダルを受け取り、みんな涙を流したり頷いたり、手を取り合って喜んだりしました。

「これが勇者のメダルなんですね」

七人のひとりがしげしげとスノウメダルをみつめたときに、ドーパは「実は、メダルが他にもう一種類ある」と言いました。

「かつて、勇者のメダルの伝説を聞き、それを欲しいとやってきたものは、一人や二人ではなかった。ドーパの塔に置かれた宝箱には、その勇者のメダルが入っているという言い伝えがあるが、誰もそれを見た者はいない。なぜなら、宝箱のふたが開かないからだ。何百年もその箱は決して開かなかった。斬りつけたり、燃やしてみようとした者も、かつてはおったが、箱は傷つきもせず、燃えることもなく、そして開くこともなかった。言い伝えによれば、一番必要なときに、それは与えられるというのじゃが、果たしてそれが今だといいのじゃが」

スノウメダルのために一番上まであがった階段を今度は下へ下へと降りていきました。いつもドーパがいる部屋へ戻ったときに、以前ドーパの塔に来たときには気がつかなかった四角い扉が、床にあることに気がつきました。ドーパはそこを開け、杖の先に明かりを灯し、また下へ下へと降りていきました。たどりついたのは、広い洞穴のような場所で、宝箱は、無造作に真ん中に置かれてありました。

「これが、勇者のメダルが入っているとされる言い伝えの宝箱じゃ。誰か開けることのできる者はおらぬか？」

七人の若者が次々に、宝箱を開けようとしましたが、宝箱はまるでふたと入れ物がくっついているみたいに、けっして開きそうには思えないのです。

七人のひとりがうーんとうめき、涙をぼろぼろとこぼしました。

「これが開かなければ、姫様を助けることはできません。国も助けることもできません」

その言葉を聞いて、七人みんなが肩を落として声をあげて泣き出しました。

「ようやくここまでたどりつけたのに、我々には何もできなかったのか？」

「我々を信じて送り出した王様になんと伝えたらいいのだ」

みんなの悲しみはモナの心の中も悲しみでいっぱいにしました。

「私は魔女なんて言われていても、何もできないんだわ。こんなに一生懸命な人たちを笑顔にすることもできない」

そのときです。モナの右手にはめられた指輪が青く光り出しました。以前の旅でモナのもとにやってきて以来、ずっとはめている指輪から出ている青い光はやがて一筋の光となりま

した。モナは自分でもわからないまま、右手を前にまっすぐ出しました。その青い光は宝箱へとのび、宝箱の中央にある青い宝石とつながったのです。

そのとたん、誰が触れたわけでもないのに、ふたが音もなく開きました。その中には、言い伝えの通り、メダルがたくさん入っていたのです。

ドーパが低い声で笑いました。

「まこと、不思議なことじゃて。他の魔女はなんとか道具を使って魔法を生み出そうとする。けれど、モナはそうじゃない。道具の方がモナに使われたがっておるわい」

そのとき、指輪が確かに独り言を言いました。「ガシューダは一番いいときに、人やものやことを用意する。我々道具も、モナを助けるためにガシューダに遣わされたのだ」

箱の中のメダルは、まるで意志を持った生き物のように、ぴくぴくと動き出し、箱を飛び出して、ドーパ以外のすべての者の手に、ひとつひとつ飛んでいきました。七人の者にも、モナにもいちじくにも、ギルにもそして、アルにも。

「あ、姫様の顔だ」

七人の一人が、声をあげました。メダルには、旅の間思い続けていた姫様の顔が刻まれていたのです。そして裏を返した七人はまた口々に、驚きの声をあげました。そこに刻まれていたのは、自分自身だったからです。

「なぜ何百年も前からあるメダルに、姫様や僕たちの顔が映し出されているのですか?」

ドーパはそれはあたりまえだと言いました。

「何百年前から、おまえたちがここにくることは、決められていたことなのであろう。このメダルは遙か遠くの国にある誇り高き一族が、刻んだものだと言われておる。表には自分が守りたいと思っている姿が刻まれ、裏には自分自身が刻まれる。けれどそのメダルは、実は誰もが心の中に持っているものじゃ。形には表れていなくても、誰もが持っているものなのじゃ」

「僕のメダルの表はモナの顔だよ」

いちじくがうれしそうに言うと、ギルもアルもうなずきました。

「ありがとうみんな。私のメダルの表には、みんなの顔が刻まれているわ」

そこには、たくさんの仲間の顔がありました。

「不思議だわ。スノウメダルを持ったとき、心がとても温かくなった。このメダルをにぎりしめると、本当に勇気が湧いてくるみたい」

ドーパがまた笑いました。

「このメダルは誰もが持っている愛を思い出させてくれるのだ。愛は優しく強いものじゃ。大切に思う者のためには、決して譲らずに勇気を持って突き進もうという力を、このメダルは思い出させてくれるのじゃ」

ギルが赤い尾っぽをひらひらさせながらいいました。

「メダルの中の、僕の顔の近くに書かれているNの小さな文字はなんだろう？」

ドーパが天を見上げて言いました。

「〝nerve〟のNじゃ。エルガンダの言葉で

勇気を表す。心と神経の奥底にしっかりとある勇気という意味じゃ。そして、このNにはもうひとつ大切な意味があるのじゃ。この国に、大昔、この上ない勇者がおった。まだ神と民が一緒に暮らしていた頃のことじゃ。勇者は不思議な力を持っておった。誰もがそのものと出会うと、笑顔になった。勇者は様々な困難に出会うが、いつも笑顔でそれを乗り切った。神は、若者に、これからは勇者としての名前を名のるがいいと伝えた。神が若者にどのような勇者になりたいかと尋ねたところ、若者は、人々の笑顔を守れるものとなりたいと述べたのだ。神は、ここから遠く離れた日本という国の北の端で使われているニポポというお守りを思い出した。樺太アイヌでは、赤子が生まれると、〝健やかに育つように〟と小枝を切り、赤子の帯にお守りとして縫い止めた。それは〝セニ・テ・ニポポ〟とか〝セニシテ・ニポポ〟と呼ばれていた。小さな神、コロボックルの姿に似せて小枝にしたものとも言われておる。神はその勇者にこれからは〝ニポポ〟と名乗るようにと告げたのだ。

ニポポはたくさんの勇気をみなに与えて亡くなったが、その勇者は、そのものの望み通り、長く人々の笑顔を守りつづけた。このメダルには、勇者のイニシャルのNが刻まれている。我々すべてのものの中には、メダルを持つ、持たないにかかわらず、勇者ニポポが、我々をいつも守ってくれていることを忘れないでほしいのじゃ。おまえたちもこのメダルを握れば、愛する者を守る勇気に満たされるであろう。勇者ニポポも必ずや、おまえたちを守ってくれるであろう」

七人はスノウメダルと勇者のメダルを手に、ドーパの塔を後にしました。体が大きくてドーパの塔に入れなかったグランの首にも勇者のメダルが光っていました。モナの森に戻った七人は、その後、素晴らしい冒険の旅に出ました。

ドーパはモナたちが帰ったあと、さらにひとつメダルを取りだしました。独り言をいうようにつぶやきました。

「このメダルは、新しい勇者のためにある。そう、この物語を読んだおまえ、そう、おまえのものだ」

ドーパから新しいメダルを受け取った勇者と、七人の勇者たちのその後の話はまた今度のことにいたしましょう。

おわりに

『満月音楽会　別冊・魔女モナの物語』という名前で、二〇一五年に電子書籍として発行されたものを、今回、魔女・モナの物語3に合わせて紙の書籍として改めて収録しました。魔女・モナの物語を最初に書いたのはもう二十年以上も前のことです。そして、それが実際に本になったのは、それからずいぶん経った二〇〇五年のことでした。

映画『1／4の奇跡』には、養護学校で出会った雪絵ちゃんが出てきます。雪絵ちゃんは、多発性硬化症という病気を持っていました。

亡くなる前に、「かっこちゃん、一人ひとりがみんな素敵で、大切な存在ということが、世界中の人が当たり前に知っている世の中にかっこちゃんがして」と言いました。そんな大きなことができるとも思えませんでしたが、約束を守りたいと思って、『魔女・モナの物語』を書きました。不思議なことに、雪絵ちゃんの思いは『1／4の奇跡』という映画になって、世界中の言葉に訳されて、世界中で上映されました。また『魔女・モナの物語』も、とても愛されて、多くの方に読まれ続けています。

モナの本を書いているとき、私は何にも囚われずとても自由です。自分の心を見つめたり、宇宙の不思議に心をゆだねたりしながら、わくわくする冒険をモナと一緒にすることができます。

『魔女・モナの物語』の次には、『魔法の国エルガンダの秘密　魔女・モナの物語2』を書きました。どちらもたくさんの方に愛していただいて、早く『魔女・モナの物語3』を書いてというお手紙をいただきます。

私もモナとまた旅をしたい気持ちで、『魔女・モナの物語3　時間の秘密』を書きました。実は、雪絵ちゃんと同じように、生命学者の村上和雄先生が、「かっこちゃん、僕を存分に使って世界中の方に、サムシング・グレートを伝えて」と言ってくださいました。そして、書いた『リト』もうれしいことに、ドイツ語、韓国語、中国語、英語になって、世界のあちこちで読んでいただけています。私は、リトとモナはきょうだい本のように思います。二人が伝えてと言ってくださったことは、同じだったのだと感じるのです。

編集には、仲間が力を貸してくれて、何度も校正をしてくれました。ありがとうございます。

私の大好きなモナを、みなさんも好きになってくださったらとてもうれしいです。

山元加津子

山元加津子（やまもとかつこ）

1957年 石川県金沢市生まれ
作家、映画監督
『1／4の奇跡』『しあわせの森』の映画や本などを通して、誰もが大切で素敵な存在だと伝え続けている。
『リト　サムシング・グレートに感謝して生きる』（モナ森出版）など著書多数。

魔女・モナの物語③
時間の秘密

2023年　12月8日　初版発行

著　者　山元加津子
発行者　山元加津子
発行所　モナ森出版
石川県小松市大杉町スー一ー一
印刷・製本　株式会社オピカ

ISBN 978-4-910388-14-4
定価はカバーに表示してあります。
乱丁・落丁本は小社負担にてお取り替えいたします。

モナ森出版

リト（四六版・愛蔵版）　山元加津子
子犬のリトが人々の心を動かして、幸せな生き方へと導く。優しい言葉で「サムシング・グレート」について説く。

魔法の文通　赤塚高仁　山元加津子
文通を通して、命のこと、幸せのこと、時間のこと、宇宙の不思議について考える。とことん温かく優しい。

私たちは 明日へ向かおう　リカ　山元加津子
「魔法の文通」の挿絵の曼荼羅ぬりえ絵本。曼荼羅にはたくさんの仕掛けがあり、仕掛けを発見する楽しみも。

幸せ気分　笹田雪絵
MSという病気になれたからこそ今の自分があるといつも前向きな考えに元気をもらえる一冊。

こずえの靴下　こずえ
視力障がいを持ちながらの生活は他の人の気がつかないことがいっぱい。みんなそれぞれが素敵と教えてくれる。

魔女・モナの物語1・2
魔法の国エルガンダの秘密　山元加津子
『魔女・モナの物語』『魔法の国エルガンダの秘密』の合本。大切な本当のことがあふれている。

にっしいと弾く　満天の星
かっこちゃんのウクレレ本　にっしい　ハンダ・トシヒト　山元加津子
かっこちゃん、にっしぃ、ハンダトシヒトが力を合わせて作った、全ページカラーで登場したウクレレ本。

モナ森ダイアリー　山元加津子
リトとモナの名言、かっこちゃんの絵が満載。月と週のページが一年分。日や月をいれて、いつからでも使えます。